愛内なの
イラスト：鎖ノム

異世界従者生活はバラ色？

ある日の夜、屋敷で従者として働いている俺は、主人であるお嬢様にお茶を運んでいた。

「アシュリー様、お茶をお菓子をお持ちしました。失礼致します」

ノックしてから声をかけ、了承の返事をもらうと扉を開けて中に入る。

部屋の中には、三人の女性がいた。

正面のソファーでくつろいでいる金髪ロングの少女が俺の仕えるお嬢様、アシュリー・ロートレッジ様だ。

俺より若いのに、伯爵家のトップに立って領地運営をしていて、とても尊敬できる。

何やら資料を読んでいたようで、その後ろには俺の先輩侍女のサマラさんが控えていた。

綺麗な黒髪をポニーテールに纏め、メイド服で身を包み、まさに仕事の出来る女性という感じだ。

サマラさんがアシュリー様直属の従者になったのは最近だが、彼女が幼いころから近くにいた一番の従者だそうで、まだまだ初心者の俺に仕事のあれこれを教えてくれている。

そしてもうひとり。

アシュリー様の対面になるソファーには、目立つ桃色の髪をツインテールに纏めた少女がいた。

彼女はローズ。クリストフ子爵家のご令嬢で、今日は商談に来ているらしい。

アシュリー様が王都の学園に通っていたときの学友でもある。

しかし……。

元々が商家からの成り上がり貴族で、伝統ある家系のアシュリー様とは反りが会わないようで争いが絶えない。ただ、今はそんな雰囲気ではないようなので良かった。

「アシュリー様、少し休憩されてはいかがですか？」

「そうね、ローズも少し休みましょうか」

「ええ、せっかくのお茶が冷めてしまいますものね。それに、お菓子でも食べないと、あなたとの交渉なんてやってられませんわ！」

「またそうやって……まあいいわ」

当たり前のようにトゲを出すローズに、呆れたようなため息を吐くアシュリー様。

学園時代なら思わず言い返していたかもしれないが、今は大事な商談相手だ。

ぐっと飲み込める分、アシュリー様のほうが大人なのかもしれない。

それから平穏にお茶の時間が終わると、ローズが立ち上がって唐突に近づいてきた。

「な、なんでしょうか？」

「あら、あなたとわたくしの仲なのだから、今更敬語なんていりませんわ！　それより、ちょっと食後の運動に付き合ってくださらないかしら？」

ローズはアシュリー様にも見えてしまうような位置で、俺のズボンのベルトに手を触れる。

「ちょっと！　ローズ、何をしているの!?」

当然アシュリー様が黙っているはずがなく、立ち上がると詰め寄ってきた。

表情は冷静を保っているけれど、体から怒気が溢れているのを感じ取れてしまう。

「うふふ、何をそんなに怒っているんですの？　少し運動に付き合ってもらうだけですわ」

「私を煽りたいからって、ダイチをダシにするのは止めなさい！　それは私の従者よ」

ふたりの美少女はにらみ合い、間に挟まれている俺は生きた心地がしない。

そんなとき、それまで黙っていたサマラさんが助け舟を出してくれた。

「おふたりとも、ダイチさんが困っていますよ？　取り合うくらいなら、いっしょに運動されたらいかがですか？」

「サマラさん!?」

仲裁して穏便に収めてくれるかと思っていたら、火に油を注がれてしまった。

再びアシュリー様たちのほうを見ると、ふたりは俺の顔をじっと見つめている。

「そう言うことでしたら、ベッドの上で続きをしてもいいですわ。たっぷり運動しましょうね！」

「ふん、貴女にダイチを独り占めなんかさせないわ」

「う、うおっ！」

そのままふたりに手を引かれ、隣の部屋にあるベッドまで連れて行かれてしまう。

「さあ、まずはわたくしたちがお世話してあげますわ！」

「ダイチはベッドに寝ていてちょうだい」

女の子ふたりに押し倒され、ベッドに寝転がってしまう俺。

彼女たちは後から上ってきて、腰のあたりに取りついてしまった。

そしてそのままズボンを脱がされ、肉棒を露出させられてしまう。

「さあ、まずはわたくしのお口を堪能させて差し上げますわ！」

「私もローズには負けていられないわ。従者を満足させられないなんて、貴族失格だもの」

初めて聞いたときはかなり驚いたのだが、この国の貴族は従者と性行為をすることで絆を深めるらしい。

精神的な効果だけでなく、特別な魔法の力によってその絆が主従の能力を強化することにも繋がるので、一石二鳥というわけだ。

「あむっ、れろぉ！　今日はまだシャワーを浴びていないからか、少し汗臭いですわね」

「私は気にならないけど……ん、ちゅ、ちゅむっ！　ダイチ、気持ちいいかしら？」

ふたりが横に並んで肉棒を舐めている。それぞれ舌を突き出して一生懸命だ。

「は、はい。気持ちいいです！」

単純な刺激もさることながら、こうして見ると身分の高いお嬢様ふたりを跪かせているようで背徳感がある。

単純な快感に精神的な興奮が合わさって、急激に興奮が高まっていった。

「はぁはぁ……くっ！　すごい刺激だ……！」

腰の奥でグツグツと煮詰まった快感が破裂しそうになる。

そのとき、彼女たちが示し合わせたかのように舌の動きを止めて腰から離れた。

「うぐっ……えっ？」

「せっかく私たちが奉仕しているのに、自分だけ気持ちよくなろうとは不届きものね」

「そうよ、わたくしたちも満足させてもらわないといけませんわ！」

そう言って笑みを浮かべながら、俺を見つめるふたり。

さらに、背後からサマラさんが声をかけてくる。

「ダイチさん、こちらへいらしてください。アシュリー様とローズ様も」

振り返ると、ベッド脇のテーブルに飲み物やタオル、さらには軽食まで用意されていた。

どうやら今まで、それらを取りに行っていたらしい。

「サマラさん、それは……」

「おふたりはやる気満々ですし、一度や二度では終わりそうにありませんので。それに、わたしもおこぼれに預かろうかと♪」

彼女はそう言うとメイド服をはだけ、ベッドの上に上がってくる。

そうして、三人がそれぞれに俺の前で仰向けになると、揃って誘惑してきた。

「ダイチ、一番最初はご主人様の私よね。ふたりでいっしょに気持ちよくなりましょう？」

「アシュリーより、わたくしのほうが気持ちよくして差し上げられますわよ！」

「わたしはおまけで結構ですが、精一杯のご奉仕でお返しさせていただきます♪」

サマラさんはもちろん、他のふたりも俺を挑発するように服をはだけている。

胸やお尻、それに大事な秘部まで丸見えになって、もう辛抱たまらなかった。

「ぜ、全員犯してやりますよ！　挑発したのを後悔しないでくださいね!!」

俺はそう意気込むと、まず三人の真ん中にいたアシュリー様に襲いかかった。

「きゃうっ！　あん、やっぱり最初は私なの？」

足を開かせ勃起した肉棒を秘部に押しつけると、彼女は興奮した表情で見つめてくる。

「はい、貴女に一番の忠誠を捧げていますから。入れますよ！」

「うん、きて……。あっ、ん、くぅうっ！」

アシュリー様もさっきのフェラで興奮していたのか、膣内はほどよく濡れていた。

肉棒を奥まで突き込むと、膣肉全体がキュンキュンと締めつけて刺激してくる。

その気持ちよさに自然と腰が動いてしまっていた。

「くっ！　アシュリー様の中、フィット感がすごくて全部絞り出されそうになるっ！」

「あひゅっ、んぐっ！　私も、ダイチのおちんちんが奥までピッタリはまってるわ！　あんっ、ひぅんっ！　動く度に気持ちよくなっちゃうっ！」

性器同士の相性の良さでは、やっぱり彼女が一番だと断言できる。

肉棒を打ち込むごとに表情が蕩けていって、いつまでも顔を見つめていたくなる。

それをぐっと押さえてなんとか腰を動かし、アシュリー様を犯していった。

「私の体の奥まで入るのを許してるのはダイチだけなんだから、その分もっと貴方を感じさせてっ！　はぁっ、はぁぁっ！　んふうぅぅっ！」

ピストンを続けているうちにだんだん呼吸も合っていき、奥を突くタイミングで締めつけられるので最高だ。

このままだと、数分もせずに限界を迎えてしまうと確信するが、横からむすっとした視線で見つめられていることにも気付く。

「ダイチ、まさかそのままアシュリーの中で果てるつもりじゃないですわよね？」

「わ、分かったよ。アシュリー様、すみません」

「えっ？　あぁっ……」

アシュリー様に嫌われたくはないけれど、ローズを怒らせるのもマズい。

「ほら、お待ちかねだ。拗ねるなよ」

「もっと早くきてほしかったですわ。はぁっ……！　おちんぽ、おっきいですわぁっ！」

ググッと挿入すると、さっそく寝室に嬌声が響いた。

ローズの中は特に締めつけが強い特性があるけれど、肉ヒダをかき分けて奥へ進んでいくときの快感も一番だ。

「あぁぁっ！　はぁ、ひぃぃっ！　奥まで入って、子宮まで突かれてますのっ！」

「ローズの中、ギュウギュウ締めつけてくるから動かすのも一苦労だ。でも、その分すっごい気持ちいいよ！」

「わたくしもっ、わたくしも気持ちいいんですのっ！　ダイチのおちんぽで頭が真っ白になりますぅぅっ!!」

本能のままに嬌声を上げるローズは、肉棒を動かすごとに反応が出てくるので、すごく頑張ろうという気持ちになれる。

襲ってくる快感に耐えようと、ギュッとシーツを握っている姿も可愛い。

「ダイチ、このままぁ……」

ローズが物欲しそうな視線でこっちを見つめてくるが、俺はピストンを止めて腰を引く。

「ええ、そんなぁ……」

今度は、いままで大人しく待っていたサマラさんのところへ移動し、挿入していく。

「あうっ、はぁっ……！　わたしは後回しでもよかったのですが……」

「そうは言っても、サマラさんの中が一番ドロドロですよ。放っておけませんって！」

ふたりとのフェラやセックスを見ていたからか、彼女の中はすでに蕩けきっていた。

腰を前に進めれば肉棒がどこまでも埋没していって、引けば肉ヒダがヌルヌルと絡みついてくる。

その割に抵抗はあまりないので、どんどん腰を動かせてしまうから更に快感が溜まっていった。

「あひ、はぁっ、あうぅぅぅんっ！　ダイチさん、もっと犯してくださいっ！　いくらでも激しくして構いませんからっ！」

「サマラさんの中、俺ので滅茶苦茶にしてやりますよっ！」

ピストンの衝撃でゆさゆさと揺れる爆乳を楽しみながら、限界まで興奮を高めていく。

やがて限界が近づいてくると、俺は再びアシュリー様の中に肉棒を突き込んだ。

「あうっ、んっ、ひゃあぁぁっ！　だめっ、そんなに強く……んひっ、きゃうぅぅんっ!!」

ガッツリ腰を打ちつけて犯すと、アシュリー様の体がビクビクと震えながら悶える。

全身に快感が行き渡り、表情もすっかり蕩けていた。

「あらあら、もうそんなにトロトロになって……お嬢様、とってもエッチですよ♪」

「学園を首席で卒業した伯爵令嬢様も、従者のちんぽの前では形なしですわねぇ」

犯しているアシュリーだけじゃない。

左右からはサマラさんと、ローズが起き上がって腕を絡めてくる。

もちろんふたりともに、スタイルのいい肢体をこれでもかと押しつけてきた。

「はぁ、ふぅ……ふたりも最高ですよ。こんなの夢みたいだ！」

両手を彼女たちのお尻に回して抱き寄せながら、秘部に手をのばして指を突き込む。

それと同時に、アシュリーの中を開拓するように激しく腰を振った。

「あひぃぃっ！　もっと強くなってるっ……気持ちいいのっ！　ダイチ、もっとしてぇ！」

「わがままなご主人さまですね。大丈夫、満足させてあげますよっ！」

「イクッ！　もうイクわっ！　ダイチッ、最後はいっしょにぃっ！」

「はいっ、皆でいっしょに……ぐぅっ！」

俺は限界まで堪えていた肉棒をご主人様の最奥まで突き込み、同時に左右のふたりのクリトリスを刺激した。

直後、四人でほぼ同時に絶頂の頂きへと昇っていく。

「あぁぁぁっ!!　イクッ、イックウウウゥゥゥウウッ！　従者の、ダイチのおちんちんでぇっ!!」

「あひうっ、ひぃぃぃぃぃんっ！　か、体が全部蕩けてしまいますわっ！　ひゃうううぅ

「うぐっ!!」

「わたしも、もうダメっ……! イキますっ、イクううううっ!!」

彼女たちの体の震えを感じながら、俺もアシュリー様の中へ大量の精液を吐き出していった。

「うぐっ、おぉ……全部しぼりとられるっ……‼」

ドクドクと震える肉棒へ肉ヒダが絡みついてきて、最後の一滴まで吐き出してしまう。

時間が経ってようやく震えが治まったころには、アシュリー様は完全にダウンしていた。

腰を下ろした俺の前に、足も閉じられず股間から白濁液を漏らす彼女の姿がある。

それを見ていると、すごく征服欲が刺激されるのが分かった。

「うぅ……あまり見るのはやめなさい……」

「でも、すごくエッチですよアシュリー様」

すぐにでも、また彼女を犯したい欲望が湧いてくるが、左右のふたりがギュッと腕に力を込める。

「ダイチ、次はわたくしですわ！　仕方ないから一度目はアシュリーに譲りましたが、今度はわたくしに全部注いでもらいますわよ！」

「では、その次はわたしでしょうか？　ちゃんと三発目も残しておいてくださいね？　残らず搾り取って差し上げますので♪」

「……ホントにいつ終わるのか分からなくなってきたな。まさか俺がこんな生活をすることになるとは思わなかった」

俺は彼女たちに腕を引かれながら、今日までの日々を思い浮かべるのだった。

第一章 異世界でお嬢様に拾われる

閑散とした市場の通りを、空きっ腹を抱えながらトボトボと歩く。

「うう、どうして誰も俺を雇ってくれないんだ……。くそう、腹減ったなぁ……」

俺こと佐竹大地(さたけだいち)は、訳あって現代日本から異世界に転移してきた。

最初は新天地でいいスタートを切ろうと、人に声をかけて働けないか聞いてみた。

でも、どこも不景気で新しく人を雇う余裕なんかないと断られてしまう。みんな生きるのに必死で、特に俺は余所者に見えるから信用されないらしい。

この辺りは、地球で言う西洋風な人種と文化らしいし、俺は丸っきり日本人顔だしな。

あちこちで聞き耳を立ててみると、少し詳しい状況が分かってきた。

どうやら、三ヶ月前に起きた大きな魔獣災害が原因で、このロートレッジ伯爵領は大きな被害を受けたようだ。

魔獣というのはよくわからないけど、巨大台風並みの脅威であることは察せられた。

いくつもの町や村が破壊され、人死にも大勢出て難民も発生。領主の伯爵夫妻も巻き込まれ死んでしまって、今はそのご令嬢が領地を復興させようと頑張っているらしい。

とはいえ、そのご令嬢はまだ二十歳にもならない少女だとか。大学生の俺が偉そうには言えないけど、荷が重いよな。

「ここじゃあ、どう探したって仕事はないか……でも、ほかの町まで行く金はないしな」

この世界に転移したときに装いも現地風の地味なものに変わっていて、持ち物もゼロなので売れるものは何もない。まさに八方塞がりだ。

「神様、もうちょっと役に立つものを持たせてほしかったなぁ……」

俺は道端に座り込みながら、ここに至るまでのことを思い出し始めた。


その日は明け方まで続いた警備のバイトが終わり、朝日を浴びながら帰宅していた。

今の俺は大学二年生で、親元を離れて生活している。ちなみに一浪したから二十一歳。ありがたいことに仕送りで最低限の暮らしは保証されているけど、それじゃつまらないので色々とバイトをしている。

以前はファミレスで長期バイトをしていたんだけど、そこでシフト関係のゴタゴタがあってからすっかり敬遠するようになってしまった。今はほとんど単発バイトだ。

「ふぁああー。さっさと帰って明日の講義のための準備をしとかないと……ん？」

もう少しで下宿先だというそのとき、俺はアパートの隣にある古ぼけた小さな社が壊れているのに気付いた。

犬小屋みたいなサイズのやつだが、いつも見ていたので壊れていると気になってしまう。

「……仕方ない。毎日この横を通るたびに気にするのも馬鹿らしいしな」

幸か不幸か、先週の休日に、大家さんが犬小屋を作っているのを見た。

孫の飼っている犬のためらしいが、それなら日曜大工の道具くらいはあるはずだ。

そう思った俺は荷物を部屋に置き、大家さんに道具を借りると、手早く修繕作業を始める。

かなり大変だったけど、なんとか日暮れまでにはそれらしい形に修繕することができた。

「ふぅ……。結局丸一日かかっちまった。もー眠くて仕方ない」

改めて修繕した社を見てみると、なんだか歪な気もするが仕方ない。素人仕事だから大目に見てもらおう。

心地よい疲労感と良いことをしたという満足感を胸に、アパートに戻ろうと道に出た瞬間、横から小型トラックが突っ込んできた。

「えっ？　うわっ⁉」

反射的に腕を上げて頭を守ろうとするが、足が動かない。

このまま死ぬのかと思っていると、背後から声が聞こえた。

『そこのお前！　儂の社の前でなにを勝手に死のうとしてるのじゃ！』

振り返るとそこには小さなお爺さんがいた。髪も髭も真っ白で、くたびれた着物を着ている。本当にちっちゃくて、背丈は俺の膝くらいしかない。ファンタジー映画に出てくる小人みたいだ。

そして気づけば、俺に突っ込もうとしていたトラックが停止している。それだけではなく、まるで周りの空間すべての時間が停止したかのように静かだった。

「あの、これはいったい……」

『お主が死にそうだったので、儂の力の一端を使い助けたまでよ。しかし、困ったな……思わず助けてしまったが、死神に文句を言われるかもしれん……』

「ええと、すみません。お話を伺ってもよろしいですか？」

『ふむ、そうじゃのう。ではとりあえずこちらに来るがよい』

言われた通りお爺さんの近くへ移動し、俺は事情を説明してもらった。立ったままだと目線が合わないのでこっちは地面に正座だ。ちょっと痛い。

どうも彼は、この地に長く宿っている神様らしいが、信徒がいなくなってしまったので眠りについていたらしい。

社を修復したことで目が覚め、ひさしぶりに起きてきたら目の前で俺が死にそうになっていたので、思わず助けてしまったようだ。

ただこれには少し問題があって、本来死ぬ運命の者を助けてしまうと死神が機嫌を悪くして文句を言ってくるんだとか。

『まずいのぉ、面倒だのぉ。儂のような木っ端の神性と違って、死神はケタ外れに巨大な力を持っておる。ちょっと怒鳴られただけで、その衝撃で消し飛びかねんぞ』

「そんなにですか？」

『うむ。さて、どうしたものか……』

まぁ、確かにこのお爺さんは小さいしなぁと思っていると、何か考えついたようでポン、と手を打つ。

『そうじゃお主、異世界へ行ってみる気はないか？　どうせこのままここにおれば、死神が命を刈り取りに来る。ちょっと時空の裂け目が出来てそこに飲み込まれたことにしておけば、後は知らぬ存ぜぬで突き通せるわい』

「い、異世界⁉　いや、確かに興味はありますけど……そんなので大丈夫なんですか？」

『ふん、伊達に歳食っておらんわ！　幸い若いころに友誼（ゆうぎ）を結んだ異世界の神がいる。その縁でお主を送れるじゃろう』

ニヤッと笑みを浮かべるお爺さん。一筋縄ではいかない古強者の雰囲気がある。

『あのまま社が崩れていたら、眠ったまま存在が消えていたかもしれんからな。礼はしてやるわい。じゃ、そろそろ送るぞ。のんびりしていると死神のやつが来てしまうからのう』

「はい、わかりました」

いきなり死ぬ運命がどうとか言われてまだ少し混乱しているけれど、ここにいたらマズいというなら仕方ない。

深呼吸してなんとか気持ちを落ち着けると、お爺さんが右の手のひらをこっちに向ける。

『向こうに行ったら儂も手を出せん。こっちの世界より少々過酷なようじゃから、特別に餞別もやろう。達者でな』

次の瞬間、彼の手のひらが光って意識を失う。

そして、目を覚ましたときにはもう、異世界の町の路地裏に座り込んでいたのだ。

その後が、さっきのとおりの経緯で路頭に迷っているわけだ。

ちなみにお爺さんのくれた餞別だが、ポケットに手紙が入っていたので読んでみた。

それによると、俺はこの世界で使われている言葉や文字を自然と理解して使えるようになっているという。これはありがたい。

加えて、この世界で重要視されている魔力という力を、平均的な魔法使いの十倍も持っているらしい。

魔力とか魔法使いとか、名前からどんな存在なのかはなんとなく想像がつくけれど、今の俺に必要なのは今日を生きる食料だった。

盗みを働く気にはならず、サバイバルの心得もないので外に出て食料を探すわけにもいかず、一日二日と経つうちにどんどん腹が減って力が抜けていった。

そして三日目。とうとう立ち上がる気力もなくし、道端に倒れ込んでしまう。

「腹減った……」

ぐぎゅるるるー、と腹が鳴ってそれが頭に響く。

飢え死にするくらいなら、トラックに轢かれたほうがマシだったかもしれないと思い始めたそのとき、荷馬車が脇を通りかかった。

「うっ？　ぐえっ！」

しかも、ちょうど俺の真横で水たまりに突っ込み、泥が跳ねて顔面に受けてしまった。

泣きっ面に蜂ならぬ泥。不運ここに極まれりと思ったところで、先ほどの荷馬車が停車し、人がおりてきた。

「すみません！　もう少しで轢いてしまうところでした……あら？」

どうやら女の人のようで、綺麗で優しい感じのする声だった。

それから泥だらけの顔をぬぐわれるが動く気力がなく、視界もぼやけている。

「この辺りでは見ない顔ですね。行き倒れの旅人でしょうか？　とにかく、ここで死なれては困りますね。街角に死体が転がっているような街になってしまったら、いよいよ住民の士気が崩壊してしまいます」

それから俺は襟首を引っ張って引きずられ、馬車の荷台に乗せられた。

どうやらこのまま死ぬことはなさそうだと分かると安心し、意識を失ってしまう。

次に目覚めたときには、俺はきちんとしたベッドの上で横になっていた。

「こ、ここは……？」

体を起こすと、自分が清潔な衣服を着ているのに気づく。

それに、相変わらず腹は減っているが、ベッドで休んだからか少しは動けそうだ。

ベッドの縁まで移動して立ち上がろうとすると、ちょうど部屋の扉が開いた。

「あら、もう目が覚めたんですね。起き上がっても大丈夫ですか？」

部屋の中に入ってきたのは、気を失う前に聞いたのと同じ声をしている女性だった。

その声音と同じように優しそうな容姿で、俺よりいくつか年上のお姉さんに見える。

艶のある紺色の長い髪をポニーテールにしてまとめていて、スタイルもかなりいい。というより、今まで見たことがないくらいの魅力的な肢体だった。

意識しないと見つめてしまいそうなので視線を下に動かすと、メイド服っぽいものを着ている。見たままのメイドさんなんだろうか？

とりあえず、助けてもらったのには違いないのでお礼を言わなければ。

「は、はい。あの、助けてもらった人ですよね？　すみません、ありがとうございました」

座ったままで申し訳ないが頭を下げると、彼女は微笑んで応える。

「いいえ、無事でよかったです。お腹が空いているようですし、麦粥をご用意しますね。まずはお腹を満たしていただいて、それからお嬢様へご報告に同行していただきます」

「ご、ごはん⁉　三日ぶりの食事だぁ！　……っと、あわわ」

待ち望んだ食事に喜び、思わず立ち上がろうとしてよろけてしまう。

「あらあら、せっかく目が覚めたのに危ないですよ！　お食事はお持ちしますから、こちらでおとなしくしていてくださいね」

「は、はい。すみません……」

怒られてしまったのでベッドの上に戻り、おとなしく食事を待つ。

それから軽い食事をいただいて、一息ついたところでお姉さんが問いかけてきた。

「改めて、わたしはロートレッジ伯爵家のご令嬢に仕える侍女のサマラと申します」

「俺は佐竹大地です。大地のほうが名前ですね。なんというか、居場所をなくしてしまって、混乱のうちにここへたどり着いた感じでして……」

嘘は言っていないというレベルの話だけれど、まさか異世界人だと言っても信じてもらえないだろう。すると、サマラさんは難しい顔をして唸る。

「領内の難民ではないですよね。彼らには炊き出しの情報を伝えていますから、飢えてのたれ死ぬようなことはないですし……。とにかく、難民ですね」

「あ、はい。そうだと思います」

どうやら町では炊き出しが行われていたらしい。どうりで雰囲気が暗いわりには、俺以外には腹が減って死にそうなやつがいないと思った。

町の人も教えてくれればいいのにと思ったけど、そこまで他人のことを考える余裕がなかったんだろう。

「ここまではわたしの責任で行えましたが、この後は伯爵代理であるアシュリー様がお決めになります。ダイチさんにはアシュリー様と面会していただきますが、よろしいですか？」

「はい、もちろんです。俺も助けていただいた屋敷のご主人にはお礼を伝えたいですし」

その後はサマラさんに、そのアシュリーお嬢様のいる執務室まで連れていかれた。

部屋の中に入ると、向かい側に大きな机があり、それに見合った大きな椅子に座っているひとりの少女がいる。

豊かな金髪をハーフアップにしていて、一見して高貴な雰囲気がする。サマラさんには負けるがスタイルもいい。

ちょっと気が強そうで大人びて見えるけど、それでも俺より年下だろう。彼女がここの責任者？ということは、町で聞いたことのある伯爵家のご令嬢か。

「アシュリー様、保護した難民をお連れしました」

サマラさんがそう言うと、少女がうなずいて俺を値踏みするように見つめる。

「話は聞いているわ。町で行き倒れていたんですって？　炊き出しを知らなかったってことは余所者ね。どこから来たのかしら」

「ええと、何て言ったらいいかな……とても遠い国からです。日本というんですけど、聞いたことないですよね？」

「ニホン？　知らないわ。でも、顔立ちは東大陸の人間に近いみたい。あっちは戦国時代で細かい情報は入ってこないけれど、ニホンという国が興っていても不思議じゃないわね」

アシュリーはそうつぶやくと、何やら自分で納得したようでうなずく。

どうやら見た目だけではなく中身も大人びているようで、胸を張った堂々とした態度だ。さすが貴族というか、人の上に立つことを意識して育ってきたような印象を受けた。

「まあいいでしょう。少なくとも他領からのスパイではなさそうだわ。こんなに目立つ人間を送り込んだりしないでしょうし」

どうやらスパイだと疑われていたらしい。

疑惑が晴れなかったら牢屋行きだったとか？　少し肝が冷えた。

「あ、あの。助けていただいてありがとうございます。何かお礼ができればいいんですが」

「もういいわ、下がってちょうだい。こっちは人手不足で大変なの。これ以上あなたに時間を使っている暇はないわ」

彼女はそう言うが、人手不足と聞いたなら黙っていられない。

「なら、俺をここで働かせてくれませんか⁉ これでも故郷ではいろいろな仕事をしてきたので、大抵のことはこなせます！」

これは降ってわいたチャンスだと思い、多少強引にでもアピールする。

アシュリーもこれには驚いたようで、一瞬目を丸くした。

「雇ってほしいといっても、あなたの職業は？」

「職業ですか？ 学生ではなくなったし、強いて言うならフリーターですかね」

「フリーター？ そんな職業聞いたことないわ。サマラ、アレを用意しなさい」

「はい、アシュリー様」

彼女がサマラさんに声をかけると、すぐに部屋の戸棚から一つの水晶球が持ち出された。

「ダイチさん、これに手をかざしてもらえますか？」

サマラさんはそれを俺の目の前まで持ってきて、差し出す。

言われるがまま、両手を出してかざす。すると、水晶が淡く光り始めた。

数秒して光が治まるとサマラさんはそれをアシュリーに渡し、彼女はそれをのぞき込む。

「職業は……『召使い』ね。初級職だけれど、それなりに経験値が溜まっているから、色々仕事ができるというのは嘘ではなさそうよ」

「では、ここに来るまではどこかの貴族か商人に雇われていた経験があるようですね」

アシュリーのつぶやきに、サマラさんが反応している。

「前の職場では、どんなことをしていたのかしら？」

水晶をサマラさんに返した彼女が、そう問いかけてくる。

手ごたえがあったと感じた俺は、さらに自分の経験をアピールしていく。

「なるほど。警備、調理補助、書類仕事、接客、配達、清掃、家庭教師、家事代行……サマラ、どうかしら？」

「わたしとしては、男手が増えると助かります。数日前、祖父が腰を痛めてしまったので」

「彼も随分な歳だものね。それに……いや、なんでもないわ」

アシュリーは一瞬だけ苦い顔を見せたが、すぐ俺のほうへ視線を向けてきた。

「分かったわ、雇いましょう。これだけの経験があれば、屋敷のどこでも働けそうだし」

「あ、ありがとうございます！」

俺はもう一度頭を下げたが、彼女はその間に席を立ってこっちに近づいてきていた。

「まだ名前を聞いていなかったわね」

「佐竹大地です」

「私はアシュリー・ロートレッジ、ロートレッジ伯爵のひとり娘で現在は伯爵代理よ。いずれは正式に爵位を継承することになるわ」

そう言えば、彼女の両親は魔獣災害とやらで亡くなっているんだな。胸が痛む。

「じゃあ契約を始めましょう」

そう言うと彼女は俺の胸に手を置き、目を閉じる。

急に何を始めるのかと戸惑っていると、次の瞬間胸が熱くなり始めた。

「うっ！　なんだこれ、これが魔法か⁉」

「少し黙っていて。主をアシュリー・ロートレッジ、従者をサタケ・ダイチとしてここに新たな主従関係を結ぶ。魔なる力のもとに契約せよ！」

彼女が何かつぶやくと、さらに熱が全身に広がっていく。

俺は思わずうめき声をあげてしまったが、直後にアシュリーの手が静電気を起こしたようにビクッと震えて離れた。

「きゃっ⁉　なにこの魔力……うぐっ！」

「お嬢様！　どうかされましたかっ⁉」

彼女の様子を見て慌ててサマラさんが駆けつけ、体を支える。

「だ、大丈夫よ。ちょっと痛みが走っただけ。契約も九割がた終わっていたから、魔法は機能するはず。ダイチも心配しなくていいわ」

「わ、わかりました」

アシュリーはそう言うと、サマラさんから離れてひとりで大丈夫だと示す。

「とりあえず、今日はもういいわ。仕事についてはサマラから話があると思うから、休んでいてちょうだい」

色々と聞きたいことはあるが、雇用主からこう言われては仕方ない。

俺は一礼すると執務室を後にし、元いた部屋へ戻るのだった。

◆　◆

大地が退出した後の執務室でアシュリーがホッと息を吐く。

「……ダイチは行ったわね？」

「はいお嬢様、もう客室に戻ったかと思います」

「ふぅ、参ったわ……。彼、並の魔法使いの十倍は魔力を持っているみたい」

「じゅ、十倍ですか？　では、お嬢様の……」

その言葉を聞いて、サマラも目を丸くする。

「ええ、二十倍はあるわね。本当に羨ましいわ」

そう言ったアシュリーは、少しだけ嫉妬の感情を瞳に込めた。

歴史ある伯爵家に生まれた彼女は、それに恥じぬよう様々な教養や学問を身に着けたが、

唯一の欠点が低い魔力量だった。

おかげで高度な魔法を覚えても自らの手で行使することができず、密かに劣等感を抱い

ていたのだ。

それから数秒、ダイチが出ていった扉を見つめていたアシュリーだが、ふっと視線を逸らすと肩の力を抜く。

「でも、これればかりは生まれつきのものだから仕方ないわ。恨んでも、羨んでも、どうにもならないもの」

「お嬢様……」

「心配しないでサマラ。それより貴女はダイチのことを気にかけてあげてちょうだい。部屋に入ってきたときの動きを見ると、一般人にしては教養がありそうだけど、『召使い』の職業を持っているのに契約の魔法で驚いて、どうもにチグハグな印象を受けるわ」

「そのあたりの事情はそれとなく探りを入れてみます。お任せください」

姿勢を正して言うサマラさんに、アシュリーは満足そうにうなずく。

「貴重な人手だから、お願いね。それに、私やサマラに恩を感じているから信用できるわ。あまり期待はしないでおくけれど、良い家臣になってくれたら喜ばしいわね。今の私には、この領地を復興させるために信頼できる人間が必要だもの」

彼女は窓際まで行くと、そこから町を見下ろす。

見える範囲に混乱はないが、町の端まで行けば魔獣災害で寄る辺を失い難民と化した民たちが集まりスラム街を形成しつつある。

今この街にいる難民だけで数千、領内全体では一万を越える人数が路頭に迷っていた。それだけの数の人間の運命が今、彼女の両肩にのしかかっているのだ。

「大丈夫、必ず救ってみせるわ。私の領民も、伯爵家の名誉も」

自らの意思を再確認するようにつぶやいた彼女は、机に戻って仕事を続けるのだった。

◆　◆

俺がロートレッジ伯爵家に雇われることになってから一夜が明けた。今日から本格的に仕事を始めていく。

今の伯爵家は魔獣災害のせいで極端に人材が減ってしまっている。

サマラさんに教えてもらったが、ちょうど災害のあったとき、その近郊の町を治める騎士が結婚するとかで、伯爵夫妻がお祝いに訪れていたらしい。

被災した伯爵様は護衛の騎士たちと抵抗し善戦したものの、最後には町ごと全滅してしまったのだとか。

ただ、そのおかげで魔獣討伐のハンターや領軍の到着が間に合い、被害をそこで食い止めることに成功したようだ。

とはいえ、その事件で当主や多くの家臣を失ったことで、今の伯爵家は復興を思うように進められていないという。

　俺にできることは、一刻も早く仕事を覚えて戦力となることだった。

「ダイチさん、契約してる商人から食材が届くので、食糧庫に入れておいてもらえますか？」

「了解です！」

「午後からお客様が来るので、門から玄関までの掃除を……」

「掃除用具、あっちですよね？　さっきチラッと見えたので大丈夫です！」

「この書類を……」

「役所ですね。さっき地図を見せてもらったときに覚えました！」

「まあ、ありがとうございます。頼らせてもらいますね」

　サマラさんに指示されて飛び回り、汗だくになりながら仕事をこなしていく。

　彼女の指示が的確だったおかげで、一日目は大きな失敗もなく過ごすことができた。

　その日の夜、自室として与えられた部屋で休んでいると、サマラさんが訪ねてくる。

　そして、ベッドに座っている俺の横に彼女が腰を下ろした。

「ダイチさん、初日からすごい活躍でしたね。正直驚いてしまっています」

「前にいたところでは基本的に短期の仕事が多かったので、覚えるのが遅いとやってられないんですよ。手は不器用なんですけど、頭は器用みたいで」

「ありがたいことです。今の伯爵家は、そういった即戦力が欲しい時期なので」

そう言って笑みを浮かべながら褒めてもらうと、また頑張ろうという気持ちになる。

「少し気になったのですが、ダイチさんはどうしてアシュリー様の魔法に驚いていたのですか？」

「え？　あぁ……いや、実は今まで魔法を見たことがなくて。故郷では魔法とまったく無縁の暮らしをしていたもんですから」

そう言うと、サマラさんは少し不審そうな顔になって続けて問いかけてくる。

「魔法を見たことがない？　この中央大陸では辺境まで普及しているはずですが……。もしかして、職業制度もご存じないのですか？」

「職業制度？　それって、魔法が関係あるんですか？」

昼間に言っていた召使いがどうだとか……まだよくわからない。

首をかしげると、彼女は思わずといった様子で苦笑いする。

「ああ、これは本当にアシュリー様の仰るとおりですね。ここでは常識として知られていることを、まったく把握していないようです」

「す、すみません……」

「いえ、いいんですよ。分からないことを教えるのもわたしの役目ですから」

サマラさんはそう言うと、職業制度について教えてくれた。

「ここで暮らす人々は、十五歳になると神殿へ行って職業を授かるんです。『農家』や『漁師』といった生産職から『服職人』や『騎士』といった専門職まで種類は様々ですが、家業があればその職業を得ることが多いですね」

サマラさん自身は、代々ロートレッジ伯爵家に仕える家の出身だという。

「これは本人の経験に影響されており、十五歳までに経験した職場に適した『職業』を得られるようになっています。実際に農家の子供でも、幼いころから騎士の養子になって修行していると騎士系の職業になることから、証明されているんです」

「なるほど、環境にもよるけど、ある程度は望んだものになれるということですか」

俺は一つ理解して頷くと、今度はこっちから疑問をなげかける。

「それで、『職業』を得るとどんな効果があるんですか?」

「ダイチさんの『召使い』や、わたしの『上級侍女』などは、合わせて従者系職業と言われています。主と契約して初めて能力が発揮されるものです」

「じゃあ、昼間の魔法がその契約というやつですか?」

自分の体が、急に熱を持った感覚を思い出す。

「はい。従者は、主からの命令に従って動いているときは身体能力が向上したり、手先が器用になったり、勘が鋭くなったりするんです。それから、ダイチさんの場合は初級職の『召使い』ですが、経験を積んでいけば中級職の『執事』にもなれると思います。そうなるるのか。
魔法といえば、イメージ的には火や雷を出したりする感じだけれど、こういうものもあ
とまた能力が上がってくるんです」
「すごい、そんなことが……まさに魔法ですね」

「アシュリー様の場合は『統治者』です。これは領地持ちの貴族のための職業で、領民から
の強い支持と領地の発展具合によって能力が上昇していきます。有力な貴族ともなれば神
懸かり的な直感で戦争を勝利に導いたり、強力な毒を克服することもできます」
「なんだかそれは……まさに超人的ですね」
そう思うと同時に、それだけの力を持っていたであろうアシュリー様の父親でさえ、倒
されてしまった魔獣災害の恐ろしさを再確認する。
「話は戻りますが、我々の職業は主人との絆が深まればさらに能力の上昇幅が大きくなり
ます。特に貴族の間ではこの絆を深めるのに、ある手段が有効だと知られているのですが、
ダイチさんは何か予想がつきますか？」
そう言われてもすぐには思いつかないが、なんとか考えてみる。
「ええと……仕事以外で文通してみるとか、ふたりきりで出かけてみるとか？」
「確かにそれも有効かもしれませんが、もっと簡単なことです。セックスするんですよ」
「えっ⁉　セ、セックス？　主人と従者が……？」

信じられない言葉を聞いて目を丸くしてしまう。

「肉体の繋がりはそのまま精神の繋がりに影響しやすいんです。特に年齢が若いほどその影響は多いので、貴族の子息や令嬢が従者を迎えるときには、最初にセックスする場合が多いですね。そのため、どの貴族も最側近の従者は異性の場合が多いんです。女のわたしでも、アシュリー様と夜を共にしたことがありますよ」

「なっ……」

さらに衝撃的なことを聞いて言葉を失ってしまう。

「私は元々伯爵様のメイドとして仕えていたのですが、旦那様が亡くなられてからアシュリー様へ主を移すときに、お相手を務めたんです。元々彼女が幼いころからお世話する機会も多かったので、体の繋がりを作ることですぐに能力の上昇具合も全盛期に戻りました」

驚く俺をよそにサマラさんは淡々と話していて、彼女にとってはこれが当たり前のことなんだと理解させられる。

「じゃ、じゃあ。もしかして、俺もアシュリー様とセックスするかもしれない、と？」

美しい彼女の姿が脳裏に浮かび、思わず顔が赤くなってしまう。

「今はまだ分かりませんが、ダイチさんが信頼できる相手だと分かれば十分ありえます。今の我が家は深刻な人材不足なので、何でもできる従者系職業の持ち主は貴重です。出来るだけ、高い能力を持っていてもらいたいですから」

「は、はい」

なんとか頷いたものの、どうしてもアシュリーのことを考えてしまい落ち着かない。

すると、そんな俺の様子を見た彼女は、少し困ったように眉をひそめる。

「どうやら驚いてしまったようですね……。一般的な考えと言っても貴族の間での話ですから、平民的な感覚で見ると貞操概念が薄いと思われるかもしれません」

そこで一息置くと、サマラさんは俺の目を見つめてくる。

そして、どことなく楽しそうな笑みを浮かべた。

「ですが、伯爵家に入ったのならそのルールに従っていただきます。もし心配なようでしたら、練習としてわたしがお手伝いしますよ？」

「えっ？　サ、サマラさんが？」

「はい、わたしがです。アシュリー様の第一の家臣として、お嬢様のお傍に侍る者がきちんとセックスできる男性かを、見極める必要がありますし、ちょうどいいですね♪」

「ちょっ、サマラさん待って……うわっ！」

すり寄ってくる彼女に驚きコップを落としてしまいそうになり、さっとサマラさんが手を出してつかむ。

その拍子に手と手が触れ、とうとう体が固まってしまった。こんなに綺麗な人に近づかれて、平静でいられるわけないじゃないか！

「ふふ、危ないですよ」

彼女のほうはいたって普通で、余裕すらある。

手に持ったコップを机に置くと、固まっている俺の肩を押してベッドへ倒してきた。

「本当に、今からするんですか」

「はい、もちろんです。……もしかして、わたしでは興奮しませんか？」

サマラさんはそう言いながら、四つん這いになって俺の上へ覆いかぶさってくる。

胸板に彼女の大きな胸が押しつけられて、急激に心臓の鼓動が速くなってしまった。

「そ、そんなことないです！」

「ふふ、よかったです。では、予行練習を始めさせていただきますね」

サマラさんはあからさまに胸を押しつけながら、手を俺の下半身へ動かしていく。

緊張してしまってどうしたらいいかわからない俺は、されるがままだ。

「んっ！　ダイチさん、ここがもう硬くなっています……どうしてでしょうね？」

「それは……サマラさんが、胸を……」

今も胸板に押しつけられている乳房からは、極上の柔らかさが伝わってくる。

緊張で固まってしまった手も、その感触を味わいたくて勝手に動き出しそうなほどだ。

「触ってみても、いいですよ」

「ッ！」

心を見透かしたように言われて、羞恥心に顔が赤くなる。

それでも本能は抑えきれなくて、手が動き、彼女の胸へと触れてしまった。

「うっ、柔らかいし、大きい……」

衝動的に手を出したため、指先から手のひらを含めた全体でその感触を味わってしまう。

ブラの文化がないからか、服越しにも十分その柔らかさを感じられた。

「手だけじゃなく視線までくぎ付けになってますよ？　アシュリー様も胸は大きいほうですから、ダイチさんの好みには合うかもしれませんね」

「それは……いえ、はい」

ごまかそうとしても無駄だと悟り、素直に認めてしまう。

すると彼女は満足そうに笑って、今度は俺のズボンの中に手を入れてきた。

「ダイチさんのおちんちんも、なかなか頼りがいがありそうですよ？　あまり大き過ぎるとアシュリー様も大変でしょうから、ちょうどいいかもしれません」

どうやら自分のほうもサマラさんの基準に合格したようで、一安心する。

だが、息をつけたのも一瞬だけで、すぐに彼女が手を動かし始めた。

「うっ！　くぅっ、サマラさん！　急に……あぐっ！」

「どうですか？　テクニックはそれなりのものを持っていると自負していますが」

「それなりなんてもんじゃないですよ！　こんなの、すぐ……！」

肉棒へ指が絡みつくように動き、上下に刺激してくる。単純にしごかれるより複雑な刺激で、おかげで我慢か効かずにどんどん興奮していってしまう。

「ええ、ビクビク震えていますね。でも、このまま射精してしまうのは少しもったいないと思いませんか？」

「えっ？」

すっ、とサマラさんは手の動きを止め体を起こし、ベッドの上で膝立ちになる。

そして、呆然とする俺の前でメイド服の胸元をはだけた。

「うわっ……」

先ほどまで味わっていた乳房が露になり、改めてその大きさに息をのむ。

片側だけでもキロ単位はありそうなそれは、巨乳を超えた爆乳と言って差支えない。

さらに彼女はスカートを両手で持ち上げ、白いショーツをも見せつけてくる。

「ダイチさんも男性なのですから、私にやられてばかりでは情けないですよ？　いずれはアシュリー様のお相手もするのでしたら、男らしいところも見せてくださいませ」

そう言いながら彼女は、内に秘めた欲望を露出するように淫らに笑った。

俺は起き上がると、まるで樹液の甘い香りに引きつけられた虫のようにフラフラと近づいていく。そして、片手を彼女の腰に回すと、抱き寄せるようにしながら顔を近づけた。

するとサマラさんは熱っぽい息を吐きながら目を潤ませる。

「ダイチさん、どうかキスしてくださいませ」

求められたとおり、そのまま顔を近づけ、唇を奪った。

「んんっ！　あっ、ふぅっ……あんぅ！」

少し勢いがよすぎたからか、最初の接触では位置がズレてしまう。

それでもすぐに修正し、二度目からはきちんと唇同士を重ねた。

「ちゅっ、はむっ……キス、好きなんです。こうされるとすぐ興奮してしまって……！」

「そうなんですか？　じゃあ、確かめてみないと」

スカートはまだ持ちあげられていたので、すぐに自由な片手をその股間に向かわせた。

「あっ、んっ」

肌触りのいいショーツ越しに秘部へ触れると、サマラさんがビクッと体を震わせる。

「敏感なんですね。さっきまで余裕そうな表情だったのに」

「はぁ、んぅ……他人に触れていただくのは久しぶりなので。アシュリー様も最近は忙しいですし」

「じゃあずっと自分で弄ってたんですか？　かわいそうに……」

伯爵様を主にしていたころは、色々可愛がってもらっていたんだろう。

自分に欲望をぶつけてくれる相手がおらず、開発されきった体をひとりで持て余しているメイドさん。そう考えると、俺は自分の中に熱い欲望が湧き上がってくるのを感じた。

「誰も抱かないなら、俺が遠慮なく抱いてもいいんですよね？」

思い切ってそう言うと、サマラさんは顔を赤くしながら頷く。

「はい。どうか、お情けを……あぁぁっ！」

指をさらに強く押しつけると、部屋の中に甘い嬌声が響いた。

奥から愛液がさらに染み出してきたのか、指先に温かい感覚が伝わってくる。

「サマラさん、ベッドへ」

「んっ……分かりました」

腰を抱えていた手をどかすと、彼女は自力でベッドへ横になる。

そして、なんと四つん這いになると俺にお尻を向けてきた。

「ダイチさん。わたし、もう我慢できなくなってしまいました……どうか、思いっきり犯してくださいっ！」

改めて片手でスカートをめくりあげ、お尻を丸出しにしながら誘惑してくる。

エロい姿に興奮し息を荒くしながら後ろに陣取ると、そのお尻を鷲掴みにする。

そしてショーツを横にズラし、いきりたった肉棒を秘部へと押し当てた。

「あぁっ、すごいです！ こんなに熱くて硬いおちんちん、触れただけでメロメロになってしまいそうっ！」

「まだ早いですよサマラさん。俺もすでに色々とヤバいですけど、我慢しますから」

俺は何とか息を整えると、腰を前に出して肉棒を押し進める。

「くっ、どんどん奥に……！」

「はぐぅっ、あぁ！　な、中にどんどん入ってきますっ、あくぅっ！」

濡れた膣内は肉棒を締めつけながらも、挿入を歓迎するように奥まで迎え入れた。

けれど俺はそれで満足せず、そのままピストンを開始する。

「ああっ⁉　ひぃ、あひぅっ！　うううぅぅううっ！」

それほど激しいピストンではないが、サマラさんにとっては十分刺激的らしい。

肉棒が動くたびに声を上げて、今まで溜まっていたものを吐き出しているようだ。

もちろん、そんな彼女の中に入れている俺もただでは済まなかった。

「うっ、これはっ……！　中のヒダがピッタリくっついてくる！　こんなの初めてだっ！」

熱く濡れた淫肉による奉仕は、オナニーなど比較にならないほどの快感だった。サマラさんの体を自分のものにしているという征服感も相まって、とてつもない興奮に襲われる。

「もっと、もっとくださいっ！　このおちんちん、もっと味わいたいのっ！」

「俺もサマラさんの体、もっと犯したいです！」

互いに言葉を交わしながら、体を擦りつけあって興奮を高めていく。

パンパンと体のぶつかる音が室内に響き、それもまた俺たちを興奮させていった。

腰を動かすたびにサマラさんの膣内が反射的に締めつけてくるので、もうたまらない。

「はぁ、はぁっ……！　これ、すごいですっ！　動けば動くほど気持ちよくなるっ！」

「んぐっ、ひうっ！　わ、わたしもっ、気持ちいいですっ！　ダイチさんのおちんちん、しっかり奥まで届くからぁ、どんどん良くなっちゃいます……ひあぁぁっ⁉」

「ぐっ⁉　ここ、一番奥、めちゃくちゃ締めつけてくるっ‼」

腰を突き出して膣奥を刺激すると、これまで以上の強さでギュウギュウ締めつけてきた。

発達したヒダが肉棒に絡みついてくるから、そんな状態で腰を動かしてしまうと腰が蕩けそうになる。

サマラさんのほうも両手でベッドのシーツをギュッと握りしめて、快感に耐えているようだ。後背位だから顔は見えないけれど、声だけでも興奮しているのは十分に理解できた。

「サマラさんエロすぎますよっ！　アシュリー様も知ってるんですか？」

「あっ、んんっ！　そ、それは……」

俺がなんとなくした問いかけで、彼女は思いもよらず言葉を詰まらせた。

「まさか、知らないんですか？　いつも一番近くで使えてくれている侍女がこんなにスケベだってことを。いっしょにエッチなこともしたのに？」

「あのときは、わたしが一方的にご奉仕する立場だったので……あっ、んひぅっ！　お嬢様はっ、わたしの乱れる姿を見たことは……」

「そっか、アシュリー様も、今のサマラさんの姿は知らないんですね」

彼女をここまで淫らにした伯爵様は、もうこの世にいない。

この世界でサマラさんの艶姿を見られるのが自分ひとりだと思うと、なんだかもっと激しく犯してやりたくなってきた。独占欲が刺激されたのかもしれない。

「じゃあ、俺がサマラさんのこともっとエッチにしてあげますよ。アシュリー様に見せられないくらいにね！」

「そ、そんな、あうぅぅっ⁉　そんなっ、また激しく……ダメです、ダメえぇぇっ！」

俺は彼女の制止を聞かず、さらにピストンを激しくする。亀頭で子宮口を突き上げ、カリ首で肉ヒダをかき出すように刺激し、膣内をかき乱していった。

「あうっ！　ひううぅぅうぅんっ‼　ほ、ほんとにダメっ、頭の中がドロドロになってしまいますっ‼」

「俺なんかもう理性がグチャグチャですよ！　こんな綺麗な人とセックス出来て、もう体が限界だ！」

膨れ上がった興奮は気合でなんとか抑えている状態で、きっかけがあればすぐにでも暴発してしまう。

「あぁっ、すごいですっ！　こんなにおちんちん大きくなって、わたしの中がいっぱいですっ！」

「うぅ……ま、まだだっ！　たっぷり精液注いで、奥の奥までいっぱいにしてやるっ‼」

「うぁっ、あきゅぅぅっ！　そんな……でも、欲しくなってしまいますっ！　ダイチさんの精液、たっぷりお腹の中にぃっ」

「ッ！　サ、サマラさんっ！」

彼女の甘い嬌声を聞いて、俺はもう限界だった。

激しくピストンを続け、熱い膣内の感触を堪能しながら、最奥に肉棒を押しつけて思い切り射精する。

「くっ……！」

「あっ⁉　やっ、熱いのっ……ダメっ、ダメダメっ！　やっ、あっ、あひぃぃぃぃぃぃぃいいっ‼　イックううううぅぅぅぅぅぅっ‼」

ビュルビュルと大量の精液を膣内へ注ぎ込みながら、ふたりで絶頂に至る。

お尻に向けていた視線をふと上げると、ビクビクと震えている背筋に興奮で汗が浮いていて、それがまたエロかった。

「はぁっ、ひぃ、あふぅぅ……」

やがて絶頂の強い波が引くと、サマラさんはそのまま上半身をベッドへ突っ伏す。

ちなみに下半身は俺が両手で抱えているので繋がったままだ。強い締めつけこそないものの、ヒクヒクと震える膣内の感触が射精後の敏感な肉棒にちょうどよく、気持ちいい。

やがて俺も、肉棒が完全に萎えるとともに彼女を開放し、ベッドへ座り込む。

一方のサマラさんは流石というべきか、すでに回復していてメイド服のしわを伸ばし、こっちの股間に顔を寄せてお掃除フェラをしてくれた。

「んっ、ちゅぷっ……性機能の確認を兼ねての練習セックスのはずが、思いのほか熱中してしまいました……」

「あ、あの、サマラさん、俺……上手くできたんでしょうか？」

「ええ、予想以上に立派なセックスでしたよ？　これならいつアシュリー様に閨へ呼ばれても問題ないですね」

「は、はい。ありがとうございます」

彼女にそう言ってもらい一安心したものの、本当にそんなときが訪れるのか、俺はこのときはまだまだ、半信半疑の状態だった。

そして、サマラさんとの練習セックスから一週間ほとが経った。

最近は屋敷での仕事も慣れてきて、自分でも少しは役に立ててるんじゃないかと思い始めているところだ。

そんなとき、俺はアシュリー様のお供で貴族のパーティーへ参加することになった。

なんでもこの地域一帯を取りまとめる大貴族の、侯爵様の誕生パーティーらしく、周辺の貴族も大勢参加するらしい。

アシュリー様はこの場で、いろいろな貴族から領地復興のための支援を取りつけようと計画しているらしい。ある意味このパーティーの成功にロートレッジ伯爵家の今後が掛かっていると言っても過言ではない。

数日ぶりに顔を合わせたアシュリー様は、緊張からか硬い表情になっている気がした。

侯爵様の屋敷についても緊張は解けるばかりか強まる一方で、少し危うく見えてしまう。

「事前に手紙で、ある程度のやり取りはしてあるから、貴族たちとの交渉は私が行います。ふたりには静かに品良く、でも堂々と付き従ってもらって、相手にロートレッジ家にはまだ優秀な家臣が残っていて、復興もできると印象づけるの。いい？」

「お任せください」

「はい、がんばります」

「いいわ、よろしく頼むわね」

俺とサマラさんがはっきり答えると、アシュリー様も少しは安心したのか、小さく笑みを浮かべる。

そして俺たちふたりを従えて、アシュリー様にとっての戦場であるパーティー会場へ足を踏み入れた。

アシュリー様が真っ先に向かったのは、すでに幾人もの人間に囲まれている品のよさそうな老人だ。

おそらく、あれが今回の主催である侯爵様なんだろう。

俺とサマラさんは失礼にならないよう少し距離を取り、様子を見守ることに。

「グレイバーク侯爵閣下、お久しぶりです。本日はお招きいただきありがとうございます」

「おぉ、ロートレッジ伯爵のご息女ですな、よくぞいらした。お父上のことは残念でした」

挨拶するアシュリー様の様子はまさに高貴なお姫様といった感じで、とても優雅に見える。まさに上流階級がひしめくこのパーティーにふさわしい。

もっと華やかな衣装だったらより映えるんだろうけれど、復興もままならない状況でパーティーに予算を割けるわけがないと、普段と変わりない服装だ。

とはいえ周りも伯爵家の事情を理解しているのか、アシュリー様を咎める様子はない。

「はい。しかし、お父様や騎士たちの奮闘で魔獣災害の被害は最小限に食い止められました。わたしの役目は伯爵代理として、領地を復興させていくことだと確信しています」

何人もの有力貴族、それも自分より、一回りも二回りも年の離れた大人を相手にして堂々とした態度のアシュリー様。

その毅然とした姿を見て、彼らも感心した様子だった。

「うむ、なんと立派な心がけか！　このような後継者を持てて、お父上も喜んでおられるだろう。数百年前、王国成立よりの忠臣であるロートレッジ伯爵家を没落はさせせぬ。復興のため、できる限りの支援を約束させてもらおう！」

侯爵様がそう言うと、周りの貴族たちも賛同する。

「わが家も父の代にロートレッジ伯爵にお世話になりました。今こそ恩を返すときです」

「ロートレッジ伯爵領の街道は、うちの特産品の輸出にも利用している。一刻も早く復興してほしいですからな」

思惑は様々なようだが、侯爵様とその周囲の貴族たちは公の場で支援を約束してくれた。

「正式な文書こそ取り交わしていませんが、侯爵様たちは名誉にかけて必ずや支援してくれるでしょう。このあたりの貴族は伝統や義理といったものを大事にし、それを中心に繋がっていますから。ただ、懐に余裕のある家は少ないので、人材派遣が主になるでしょう」

隣のサマラさんが、そう囁いて補足してくれる。

「そうなんですか……。でも、人手不足が改善するのは良いことです」

アシュリー様の顔を見ると、一仕事やり終えて安堵しているようだ。

自然な笑みを浮かべながら、侯爵様たちと何やら楽しそうに雑談している。

日がな一日書類と格闘し、あるいは方々(ほうぼう)にへ支持を飛ばすため何人もの商人や役人と相談している身だ。

ここにいる間はそんな大変な仕事を忘れ、年相応に楽しんでもいいんじゃないだろうか。

「……うん？」

そんなとき、どこからか視線を感じて思わず振り返る。

するとそこには、ローブを纏った大柄な従者をふたり連れて、部屋を出ていこうとする少女の姿があった。

鮮やかな桃色の髪をツインテールにしているのが特徴だが、それ以上はわからない。

「今のは……」

「ダイチさん、どうかしましたか？」

「いや、何でもないです」

サマラさんに声をかけられて姿勢を正す。

その後アシュリー様はほかの貴族たちとも相談を行い、さらにいくつかの復興支援を取りつけたようだ。

会場に入る前とは打って変わって、満足そうな表情で俺たちのもとに戻ってきた。

「お疲れ様ですアシュリー様。上手くいったみたいですね」

「ええ、予定どおり上手くいったわ。ダイチもありがとう、しっかり後ろに控えてくれていたおかげで、相手にナメられずにすんだの」

「俺なんて、ただ立ってただけですよ」

「ダイチはこの辺りでは見慣れない風貌だから、意外と印象に残るそうよ。伝手(つて)のあった遠い異国から優秀な若手官僚を引き抜いたって言ったら、みんな驚いていたわ」

アシュリー様が嬉しそうに言う一方で、俺は驚いていた。

「か、官僚⁉　俺はそんなに大それたものじゃないですよ」

「こういう場でははったりも重要なの。それに、読み書き計算が出来て図表も作れるのなら、立派に役人になれるもの」

薄々感じてはいたけれど、どうやらこの世界では日本ほど教育が進んでいないらしい。

アシュリー様が言うには、貴族の子弟が通う学園が王都にあるけれど、それ以外では大きな学園はないようだ。せいぜい、先ほどの侯爵様のような大貴族が運営している、小規模な施設があるくらいだとか。

確かに読み書き計算ができれば、役人としての能力に不足はなさそうだ。

「ダイチは今まで通りにしてもらって大丈夫」

「は、はい」

そう言って微笑む彼女に、俺は軽く頭を下げる。

アシュリー様は妙に威厳があるというか、若い見た目よりずっと言葉に力があるから自然と従ってしまう。

その後、俺たちは残りの挨拶周りをしてから帰ることになった。目星をつけていた貴族には、だいたい話を通したらしい。

だが、屋敷の玄関まで移動している最中、廊下で目の前に誰かが立ちふさがった。

そのピンク頭には見覚えがある。さっきチラッと見えた、こちらを監視していた少女だ。歳はアシュリー様と同じくらいだろうか。だが、おしとやかなうちのご主人様と違い、ツリ目で勝気に見える。

スタイルでは負けず劣らずだけれど、その少女は若干、粗暴な感じがした。

「……ローズ」

「久しぶりですわねアシュリー！　自領がメチャクチャになって借金まみれですか？」

彼女は最初から偉そうな態度全開で声をかけてきた。

馴れ馴れしいけれど、何者だ？

「サマラさん、彼女は？」

「ローズ・クリストフ様。アシュリー様のご学友でした。実家のクリストフ子爵家は彼女の親の代で爵位を得た、いわゆる成り上がり貴族です。お抱えのクリストフ商会は今王国で最も勢いのある商会と言っても過言ではなく、国の経済界にもかなり食い込んでいて、その資金力だけなら侯爵様を凌駕するとか」

「そんなにお金持ちなんですか！　それにしても、学友なんでしょう？　随分と雰囲気が悪いですね……」

「ええ、おふたりは王都の学園在籍時から、ずっと因縁のある関係なんです」

ここから眺めていても、ふたりの間には険悪なムードが漂っているように見える。

いつもは冷静なアシュリー様が、露骨に嫌そうな顔をしていた。

「この場でわたくしに頭を下げれば、クリストフ商会から一億ゴルトくらいは援助をしてあげてもよくってよ！」

「い、一億⁉」

話が聞こえて、掲示された額の大きさに驚いてしまう。

今の伯爵家の総予算が二億ゴルト弱なので、ほぼ半分に匹敵する。この辺りは、書類仕事の手伝いで学んだことだ。

それだけの資金があれば、人材や物資をいくらでも集められるし、復興も一気に早まるに違いない。けれど、アシュリー様は、迷わず首を横に振った。

「断るわ。商人貴族のクリストフ子爵のことだもの、援助の代わりに伯爵領内の利権をいくつかよこせという思惑でしょう？　それは許さないわ」

確か、領内で目玉になるような利権といえば街道だ。この地方から王国の首都へ向かうための主力ルートで、代々伯爵家が整備している。

街道沿いには多くに商店や宿屋が並んでいて、そこからの税収入はかなりのものだ。この利権が他所(よそ)に渡ると、伯爵家は収入の柱を一つ失ってしまう。

外傷を治すための治療費として、健全な内臓を切り売りするようなものだ。

「ふぅん、でもそれでいいんですの？　今もあなたの可愛い領民たちは苦しんでいるのに？」

「助けを求めることはあっても、あくまで復興はロートレッジ家主体で行うわ。それが領主としての責任よ」

「プライドばかり高い貧乏貴族が、よく吠えますわねぇ」

アシュリー様の返答を聞いて、ローズがイラっとした表情を浮かべた。

すると、それに合わせて彼女の背後に控えていた大柄な従者ふたりが前に出てくる。

ローブのフードが揺れ、そこから光る単眼が見えた。

「人間じゃない⁉」

「ゴーレムよ。ローズの得意な魔法だわ」

驚く俺へ、アシュリー様がそう説明してくれる。

どうやら全身が金属で出来ていて、鈍く光っている。まるでロボットだ。

「おほほほっ！　御覧なさい、ミスリルを含んだ合金で作り上げた特別製ゴーレムですわ。ちゃちな魔法では傷一つ、つけられませんわよ？」

「ミスリルですって⁉　あんな高価で貴重な金属を、合金にしたとはいえゴーレム二体分も集めるなんて……」

今度はアシュリー様が驚きの声を上げた。

彼女がこんな表情をしているのは初めて見る。それだけ目の前のゴーレムがとんでもないってことなんだろう。

　隣のサマラさんですら、その威圧感に手を震わせている。

　ただ、俺はそんなことは気にせず自然と前に出て、アシュリー様をかばうようにゴーレムの前に立ちはだかった。

「クリストフ様、アシュリー様を故意に威圧するような行動は控えていただけますか？」

「なに、あなた？　わたくしはクリストフ子爵令嬢よ！」

「ロートレッジ家の召使いです。お嬢様がどなたであろうと関係ありません。ゴーレムをお下げくださいませんか？　それとも、侯爵様のお屋敷で騒動を起こされるおつもりで？」

「ッ！」

　こちらが切り札を切ると、ローズは露骨に顔をしかめた。

　そもそも伯爵家と子爵家では明確にこちらが格上。しかも、令嬢に過ぎないローズと、次期ロートレッジ家当主で伯爵代理を務めているアシュリー様では公式な立場が違う。

　この上、この地域一帯の顔役である侯爵様の屋敷で騒動を起こせば彼の顔に泥を塗ることになり、いくらお金持ちのクリストフ子爵でも苦労することになるだろう。

　ローズもそこはよくわかっているのか、俺を睨みつけながらもゴーレムを下げる。

「ふん、あなたの顔は覚えましたわよ。それとアシュリー、いつまでその虚勢を保っていられるか見ものですわね！」

最後にそう捨て台詞を吐くと、ローズはゴーレムを連れて足早に去っていった。

彼女の姿が完全に見えなくなると、アシュリーが大きく息を吐いてふらっとよろける。

「お嬢様、大丈夫ですか⁉」

「ええ、大丈夫よサマラ。それより、公の場で『お嬢様』は止めてと言っているじゃない」

すぐに駆け寄ったサマラさんに支えられながら、そうつぶやくアシュリー様。

彼女は呼吸を落ち着けて再び自分の力で立つと、俺のほうを向く。

「ダイチもありがとう、助かったわ」

「い、いえ。あれくらい、なんてことないですよ、あはは！」

数日ぶりに声をかけられて少し胸が高鳴る。やっぱり美少女と話をするっていうのはすごく緊張するよ。

そんな俺の様子を見てか、アシュリー様は小さくほほ笑む。

「あのゴーレムを前にしても堂々としていたのに、私に話しかけられただけで緊張するなんて、ちょっとおかしくない？」

「いやぁ、まぁ、故郷であれより大きなロボットの立像……ゴーレムみたいなものを見たことがあるので」

もちろん多少の怖さはあったけれど、本気で恐れているふたりの表情を見たら、そんな些細なもの吹き飛んでしまった。

「……私は少し貴方を見誤っていたかもしれないわ。自分の身を危険に晒せるのは忠臣の証拠よ」

「そ、そんな！　俺はそこまで考えてなくて……」

予想以上の高評価に戸惑っていると、アシュリー様が顔を近づけてくる。

「もっとよくダイチと話をすべきだと思ったわ。今夜にでも私の部屋に来てくれないかしら？」

どことなく声音も優しくて混乱してしまう。助けを求めるようにサマラさんを見ると、彼女も満足そうにうなずいていた。

「わかりました、伺わせていただきます」

「ええ、待っているわね」

こうして、俺の伯爵家での立場は今日を境に少しづつ変化していくことになるのだった。


その日の夜、伯爵領の屋敷に戻った俺は言われたとおりアシュリー様の部屋を訪れる。

普段から限られた人間しか入ることのできない彼女のプライベートな部屋なので、緊張してしまった。

「佐竹です。し、失礼します」

返事を待ってから中に入ると、彼女はゆったりした椅子に腰かけていた。

俺の姿を見ると、近くの小さなテーブルにグラスを置き、手招きする。

「こっちに来て、少し話がしたいわ」

「は、はい」

言われたとおり近くの椅子に腰かけると、アシュリー様が口を開く。

「まず一つ目のお話として、ダイチを正式に私の従者にしようと思うわ」

「えっ、本当ですか!?　まだ十日も経ってませんが……」

「侯爵様のお屋敷でのことを考えれば十分よ。それに、今の伯爵家には時間がないと知っているでしょう?　信用できる従者なら一刻も早く近くへ置きたいわ」

「そういうことでしたら、光栄です!　謹んでお受けします」

そう答えると、彼女は嬉しそうな笑みを浮かべた。

「ありがとう、これで契約成立ね。じゃあ、魔法ももう一度かけなおしましょうか」

ふたりそろって立ち上がると、以前のように彼女の手が胸へ触れる。

ただ、今回はアシュリー様が途中で手を放すようなことはなく、契約の魔法は無事に完了する。

「ふう、これでいいわ」

「あの、あんまり変わった感じはないんですが……」

「契約したばかりの今はそうね。でも、信頼関係を深めていけば相応に能力が上がるのを実感できるはず。それに、私の習得している魔法だって使えるようになるわ」

「えっ？　俺が魔法を⁉」

思いもよらない言葉に目を丸くして驚く。

「正式な契約をした主従は、互いの力を引き出し合うことができるの。私からダイチに魔法のノウハウが、ダイチから私に魔力がそれぞれ伝わるのよ。ふふっ、私が魔力をこんなに使えるようになれるなんて！　それだけでも本契約した価値があるわ！」

「あ、アシュリー様？」

何やらハイテンションになっている彼女を見て呆然とすると、向こうも俺の視線に気づいたらしく顔を赤くする。

「コ、コホン。恥ずかしい話だけれど、私はあまり魔力を持っていないの。だから今まで、どれほど魔法の勉強をしても実際に使えるものは限られていたのよ。でも、これからはダイチの魔力を借りて色々な魔法を使えるようになるわ」

態度は落ち着いたものの、声音には隠し切れない喜びが感じられた。

俺としては何もしていないけれど、彼女に喜んでもらえるなら嬉しい。

ここで働いている内に、屋敷の人間だけじゃなく、町の多くの人々がアシュリー様を心配しているのが分かった。

災害で多くを失った彼女のそばには、まだまだ人が少ない。そんな中で自分が少しでも助けになれればと思っている。

「今日は新しい家臣が増えたお祝いよ。とっておいたワインを開けちゃいましょうか」

「えっ、大丈夫なんですか？　いろいろと……」

「今日くらいはいいのよ、ダイチも付き合いなさい」

俺はアシュリー様にグラスを押しつけられ、そこにワインを注がれる。

芳醇な香りがただよい、あまりお酒に詳しくない俺でも上物だと分かるほどだった。

「さあ、乾杯よ！」

「はい、乾杯です」

グラスを軽く触れさせ、そのままいっしょに口をつける。

アルコールを飲んだとき独特の感覚に思わず眉をしかめるが、美味しいものだとは理解できた。

「……もしかして、お酒は苦手だったかしら？」

「ええ、普段飲まないもので……。でも、少しだけなら」

ここでアシュリー様を悲しませたくないと、本当は下戸なのに見栄を張ってしまったのが悪かった。

彼女は喜んでまたグラスに赤い液体を注いでくる。

俺は何とか笑みを浮かべて飲み干していったが、三杯目あたりで限界を迎え、眠気にあらがえず気を失ってしまうのだった。

その後、目を覚ました俺は目の前に天井があることに気付いた。

「ここは……？」

「ああ、起きたのね、よかったわ。お酒に弱いならそう言ってくれればいいのに」

起き上がろうとすると、それより早くアシュリー様の声が聞こえる。

視線を横に動かすと、俺の横になっているベッドに腰かけている。

「ダイチが急にフラフラして気を失ったから、どうしたのかと慌てたわ」

「すみません……。ええと、ここはどこですか？」

周りを見るとやけに調度品が豪華で、少し嫌な予感がする。

「私の寝室よ。魔法で身体能力を強化すれば男ひとりを引っ張ってくるくらい簡単だもの。まさか、この魔力を最初に貴方のために使うことになるとはね」

そう言って笑うアシュリー様。

その様子を見る限り、怒っているわけではないらしい。

「これからは、何かあれば遠慮なく言いなさい。主人を信用しなくては『召使い』は務まらないわ」

「はい、アシュリー様。善処します。それと、そろそろ失礼します。いつまでもベッドを借りるわけにはいきませんし」

　そう言って立ち上がろうとすると、その手を彼女に掴まれた。

「何を言っているの？　むしろこれからが本番。……主従の絆を深めるための行為が必要なのよ？」

「絆を？　それって、もしかして……」

　サマラさんから聞いていたことを思い出し、体が緊張し始める。

　一方、アシュリー様はリラックスした様子でベッドへ上がってきた。

　仰向けになっている俺の上で四つん這いになって、見下ろす形になる。

　長くて綺麗な金髪が垂れてきて、俺の顔に触れそうだ。頬も少し赤い。

「アシュリー様は緊張しないんですか？」

「男の人とするのは初めてだけど、やり方はサマラに教わったから大丈夫。これも貴族のたしなみの一つだもの」

　そう言いながら、彼女は俺の股間に手を伸ばしてきた。

「これが男の人のおちんちんの感触なのね。ここから大きくなるのかしら……」

「あ、アシュリー様っ！」

　想像以上に躊躇なく触れられ、少し驚いてしまう。

　しかも、彼女はそのままズボンのベルトをはずして中に手を入れてきた。

白魚のように白く細い指が肉棒に絡みつき、愛撫してくる。

「くっ……！」

「わっ、熱い……さっきより硬くなってきたかしら。ダイチ、興奮しているの？」

「アシュリー様の手が、想像以上に気持ちよくてっ」

彼女の手は竿に沿うように動きながら、あちこちを刺激してくる。

手のひらで亀頭をなでたり、指先で金玉に触れてみたり。聞いたことを試しているような感じだ。

それに加えて、彼女は空いているほうの手で自分の服をはだけていく。

「ッ！」

青いドレスの下から現れたのは、こちらも指と同じように真っ白な肌の乳房だった。

大きさとしてはサマラさんに一歩譲るが、美しさでは引けを取らない。

中央にある桜色の乳首も綺麗で、今までほかの男が触れたことがないのは明白だった。

「私の胸、どう？　サマラからダイチは巨乳好きと聞いたけれど」

「さ、サマラさんがそんなことを⁉」

確かに彼女の爆乳には視線がくぎづけになってしまったが、それがアシュリー様に伝えられているとは思わなかった。

「家臣のことをよく知るのは、立派な領主になるために必要だと教わったわ。サマラのことは幼いころからよく知っているし、今はダイチのことを色々知りたいの」

「う、くっ！　む、胸がっ！」

彼女はそのまま身をかがめ、巨乳を俺の胸板に押しつけてきた。

柔らかいものがつぶれる感触がして、さらに顔も近くなって心臓の鼓動が速まる。

「んっ、すごい。ダイチのおちんちん、どんどん硬くなってくるわ。私の指が気持ちいい？　それとも、やっぱりおっぱいかしら？」

「どっちもですっ！」

美少女に胸を押しつけられながら肉棒をしごかれ、俺の頭は今にも沸騰しそうだった。

頭ではこれがこの世界の貴族の常識なんだと分かっていても、なかなか受け止められない。

普段は背筋を伸ばして仕事に打ち込んでいる彼女が、まさかこんな淫らなことを自分からするなんて！

しかし、目の前の現実は変わらない。俺の体もだんだん高まっていき、ついに後戻りできないところまで来てしまった。

「だ、ダイチのおちんちん、こんなに立派になるなんて……流石に想定外だわ」

彼女は体を離し、勃起した肉棒を見下ろしながらつぶやく。

どうやら想像以上のことが起きたらしく動きが止まっているので、その隙に体を起こそうとする。

いくら向こうが主でこっちが従者でも、完全な受け身でされるがままというのはどうかと思った。

けれど、マウントを取っている彼女に素早く肩を抑えられてしまった。

「どうしたの？　まさか、今更怖くなったのかしら？」

「いえ、俺にもできることがないかと思って」

そう言うと、彼女も少し困った表情になる。

「そう言われても、私も男の人を相手にするのは初めてだから……」

「じゃあ、今度は俺に愛撫させてください」

俺は手を伸ばし、彼女のスカートの中に潜り込ませる。

「あっ、んんっ⁉　これ、ダイチの指……くぅ！」

下着越しに秘部へ触れると、アシュリー様が甘い声を漏らす。

それだけでもう俺は嬉しくなってしまって、さらに刺激していく。

「あうぅ、ひぃんっ！　ダイチの指、サマラのより気持ちいいかも……あっ、んんぅ！」

刺激が重なるとどんどん敏感になっていくようで、嬌声がよく聞こえてくる。

その声が耳から入ってくるたびに俺の興奮も高まっていく。

やがて互いに体の準備が整うと、どちらともなく相手を求め始めた。

「だ、ダイチ……」

「はい、いつでもどうぞ」

騎乗位のまま、アシュリー様が腰を下ろし始める、下にはもちろん俺の肉棒だ。

「はぁ、はぁ……んっ！」

ずらされた下着の奥で秘部が直接肉棒へ触れ、一瞬動きが止まる。

しかし、彼女はその状態からさらに腰を動かして、肉棒を膣内に咥え込んでいく。

「あう、はぁっ！　んんっ！　これ、すごくきついっ！」

ぐっと歯をかみしめて耐えるアシュリー様。かなり大変そうだが、こればかりは手伝えない。

「ふぐっ、あぁぁ……」

濡れた膣内へゆっくりと肉棒が挿入されていき、いよいよ奥まで入り込む。

「うっ、すごいっ。全部入った……！」

「あふ、はぁはぁっ！　これで、全部……」

ようやく肉棒をすべて挿入しきって、安堵したように息を吐くアシュリー様。

ただ息は荒く、どうにかやり遂げたという感じだった。

そのまましばらく息を落ち着けていると、アシュリー様のほうから動き始める。

「これは、思った以上に大変だわ……。でも、気持ちいいかも」

「んっ、ぐぅっ……！　はっ、はふっ！」

「だ、大丈夫ですかアシュリー様？」

勢いよく腰を下ろしたアシュリーの顔が、一瞬、苦痛に歪む。

俺は下半身を襲う強烈な締めつけを感じつつも、彼女の様子のほうが気になってしまった。

だが、アシュリー様は首を横に振ると顔を上げる。

「だ、大丈夫。これくらい、どうってことないわ。初めてで従者の世話になるなんて、情けない真似したくないんだから！」

彼女は若干声を震わせながらも、目尻に浮いた涙をふき取り俺を見降ろす。

「ダイチはそのまま動かないでちょうだい。私が動くから、いいわね？」

「分かりました。でも、無理はしないでくださいね」

「あなたは自分の心配をしてなさい。んっ、ふっ……んんっ！」

アシュリーは俺の胸に手を置くと、そのまま腰を動かし始める。

「う、くっ！　アシュリー様、俺も……」

さっきから我慢していたけれど、グツグツに煮詰まった欲望を吐き出したくてたまらない。

けれど、彼女は首を横に振った。

「ダメよ、今は私が主でダイチが従者なんだから……。でも、どう動いたらいいか教えてくれる？」

どうやら彼女なりに、俺の主としてのプライドがあるらしい。

俺のことをしっかり意識してくれていると思うと嬉しくて、はやる気持ちも少し落ち着いた。

「じゃあ、そのままゆっくり上下に動いてもらえますか？」

「分かったわ」

彼女はそう呟くと、俺の胸に手を置いて腰を動かし始めた。

「はぁ、んぅ……はうっ！　こ、これでいいのかしら？」

ゆっくりと、しかし大胆に腰を動かしていくアシュリー様。

ただ、まだ処女喪失の痛みが残っているのか顔をしかめ気味だ。結合部からも赤いものが垂れている。

本当にお嬢様の純潔を貰ってしまったんだと実感して嬉しい反面、心配になってしまう。

「だ、大丈夫ですか？」

「うん、大丈夫よ。それより、ダイチのほうはどう？　わたしの中、変じゃないかしら？こればっかりはサマラにも分からなかったから……」

「すごく、気持ちいいです！　ずっと全体が締めつけてきて、腰から蕩けそうだ！」

実際、今も与えられる快感に耐えるので必死だった。

少しでも気を抜くと搾り取られそうになる。

「ふふ、そうなの？　それって凄く嬉しいわ」

「うっ、ぐぅっ⁉　ちょっ、アシュリー様っ！」

俺の反応が気に入ったのか、アシュリー様は笑みを浮かべて腰の動きを激しくする。

「す、すごいっ……」

膣内から与えられる快感もそうだけど、目の前の光景もだ。

はだけられた胸元からこぼれ落ちた美巨乳が、腰の動きに合わせてゆさゆさと揺れている。

俺は本能的にそれへ手をのばし、正面から鷲掴みにしてしまった。

「あうっ、んぁっ⁉　ダイチ、そこはっ……」

「俺もアシュリー様を気持ちよくしたいんです！」

「も、もう十分よ。セックスだけで十分すぎる刺激なのにっ……あっ、あああぁぁあああっ！

私、ご主人様なのにっ！　ダイチに気持ちよくされちゃううっ……あひっ、くううぅぅうっ！」

乳房をやわやわと揉みながら、指先で中央にある乳首を優しく刺激する。

すると体が反応して膣内も締まり、より限界が近づいてしまう。

「くっ！　アシュリー様、俺もう我慢できません……！」

そのことを伝えると、彼女は俺を見つめて微笑んだ。

「いいわ、そのまま出して。私もダイチの子種、中に欲しいの！」

「でも……うっ、ぐぅ……！　も、もうダメだ！」

あまりの気持ちよさに理性が全て頭から抜け落ちて、感情が昂る。

「きてっ！　ダイチの精液、私の中にっ……！」

その言葉が聞こえた直後、俺はアシュリー様の腰を抱き寄せるようにしながら射精した。

ドクドクと精液が吹き上がり、彼女の中を犯していく。

「あっ、あぁっ！　中、すごいっ……熱いのでいっぱいっ！　あぁ、あぁぁぁぁぁぁぁっ！」

背筋を逸らし、ビクビクと全身を震わせるアシュリー様。体の先端まで行き渡る快感に喘いでいて、とてもエロい。

さらに体が震えるたび、たわわな巨乳がふるふると揺れて目を楽しませてくれる。

そのまま心地よい快感に包まれていると、アシュリー様が俺を見下ろしてきた。

まだ頬は絶頂の余韻でピンクに色づいているが、目には理性が戻ってきている。

「ふぅ……これが男女のセックスなのね。想像以上に、なんというか……大変だったわ」

流石に、初セックスしたばかりの相手と面と向かって話すのは恥ずかしいのか、少しだけ視線をずらしている。

それを見ていると自分でも羞恥心を共感してしまったのか、気を紛らわそうとアシュリー様のお尻を撫でてしまった。

「んっ……もしかして、まだしたいの？」

「えっ？　いや、その……出来るなら」

正直に言うと、一度射精したくらいで興奮は治まりきらなかった。

それどころか、彼女の魅力を知るごとにもっと情欲が湧いてしまう。

使用人が主人に向けていい感情ではないだろうけれど、どうにも抑えきれなかった。

彼女もそれを感じ取ったのか、穏やかな笑みを浮かべる。

「従者に夢中になってもらえるのは良い主人の証拠だってサマラ言っていたわ。そこがベッドでもね」

そして、アシュリー様はそのまま俺の上へ体を倒す。

体全体をくっつけ合う形になって、先ほどよりずっと彼女の体温を感じられた。

「あのとき、屋敷でゴーレムから庇ってくれてありがとう。ローズとは学園時代の同級生で因縁があるの。向こうは新興貴族だけど大貴族並みに羽振りがよくて、私のことを古くさいカビの生えた老害貴族だと思っていたんでしょうね。実際彼女の言うことも全ては否定できないけど、鼻持ちならない態度だから度々喧嘩していたの」

俺の首元に顔を埋めながら、アシュリー様がポツポツと話し始める。

「卒業してからは会っていなかったんだけど、まさかあんな形で再会するとは思っていなかったわ。昔から私に敵愾心を抱いていたから、今が伯爵家の力を削ぐ絶好のチャンスだと思っているんでしょうね」

「だから資金援助の話を……」

「ええ、街道の利権を奪えば、伯爵家の命運を握ったも同然。そうなれば伝統にこだわる貴族たちにもダメージを与えて、これからは新興貴族の時代だと示せるわ。今までより大胆に王国の中枢へ近づけるでしょうね」

「それが狙いですか？」

「少なくとも彼女の実家、クリストフ子爵はそう考えているでしょう。何人かいる子供の中でもローズを差し向けてきたのは、私との因縁を考えてかしらね。ローズは私の持つ血とその歴史に劣等感を抱いているようだけど、私も彼女の持つ魔法の才能に嫉妬してるのよ？　貴方も見たゴーレム、あれほどのものを作り出せる魔法使いは歴史ある貴族家の中でもそういないわ。ましてや、私は初級の魔法を行使するのが精一杯なんだもの」

なるほど、一見して仲が悪いように見えたふたりだけれど、思った以上にその根は深いようだ。

少なくとも、ローズの感じている血筋による劣等感やアシュリー様の生まれ持った魔力の量を変えることは出来そうにない。

「でも、これからは俺の魔力をアシュリー様に使ってもらえるようになるんですよね？　もっと信頼してもらえるようになれば、より多く。幸い、ちょっとした訳もあって魔力量には自信があるんです」

幸運にも俺には、異世界へ来るときにあのお爺さんの神様から貰った魔力がある。

こんなふうに役立つとは思っていなかったけれど、今となっては最適に思えるからどう転ぶかわからないな。

「……もし私が失敗したら、伯爵家に関わった人間はこの国では生き辛くなるかもしれないわよ？」

「じゃあ、失敗しないよう頑張りましょう」

「ふふ、そうね」

俺たちは顔を合わせて笑い合い、ここから新たに主従としての一歩を踏み出していく。

しかし、そんなとき、寝室の扉がガタッと音を立てて開く。

「ッ⁉」

慌ててそちらのほうを向くと、人影が中に入ってくる。

驚きで動けずにいると、アシュリー様が大きくため息を吐いた。

「サマラ、貴女いつからそこにいたの？」

「ダイチさんが起きる少し前からでしょうか。おふたりともご立派でしたよ」

彼女は穏やかな笑みを浮かべてそう言うと、ベッドに近づいてきた。

「えっ……の、覗いてたんですか⁉」

まさかの事態に目を丸くすると、彼女は困ったような表情をする。

「ごめんなさいね。でも、初めてで上手くいかなかったら大変ですので」

どうやら保護者的な意識で監視していたらしいけれど、流石に少し恥ずかしい。

とはいえ、アシュリー様が伯爵家に残された最後の後継者ということを考えると責められない。

「その代わりと言ってはなんですが、わたしも参加させていただけませんか？　ダイチさんはまだ満足されていないようですし、慣れていないアシュリー様がひとりで受け止めるのは大変でしょうから」

「えっ、サマラさんが？」

まさか、アシュリー様だけでもお腹いっぱいな感じがするのに、サマラさんまでいっしょになんて……。

それでも、エッチ出来ることを考えると股間が熱くなって自分の性欲に呆れてしまう。

そうこう考えている内にも、彼女はメイド服をはだけながらベッドへ上がってきた。

サマラさんは俺の片手を握ると、そのまま自分の胸へ押し当てる。

「さあアシュリー様、ダイチさん、ごいっしょさせていただきますね」

「あっ、ちょっと……んんっ！　まだ私の中に入っているのに、大きくなってる……」

「そ、それは……」

股間を硬くしている身でなんだけど、魅力的な女性ふたりに触れられて我慢しろというほうが無理だと思う。

ひとりは高貴で可憐なお嬢さままで、もうひとりは丁寧な物腰だけどエッチな侍女さん。

その上どっちも驚くほどスタイルがいいから、体を押しつけられるだけで、奥から熱いものが滾ってくる。

「アシュリー様、ダイチさんが辛そうですね。一度離れていただいてよいでしょうか？」

「ええ、分かったわ。私も、いつまでも入れていると腰が抜けちゃうかも……」

彼女は深呼吸すると腰を持ち上げ、肉棒を引き抜いていく。

「んっ、あっ……はうっ！　はぁっ！」

また勃起してしまった肉棒のせいで少し抜くのが大変そうだったけれど、なんとか体を離す。

直後、それまで肉棒に抑えられていた精液が膣内から漏れ出てくる。

「はぁ、ふぅぅ……」

「こんなに……ふふっ、やはりダイチさんの精液はすごいですね、濃厚です。アシュリー様との体の相性もよかったのかもしれません」

「たしかに、言われていたほど苦しくはなかったから、そうかもしれないわね……」

シーツに落ちてしまいそうな精液を指ですくいとり、近くで観察するサマラさん。

そんな彼女にアシュリー様も頷き、息を吐いてベッドへ腰を下ろす。

「ようやくおちんちんの圧迫感がなくなったけれど、今は逆に、少し違和感があるかもしれないわ」

「ずっと入れっぱなしでしたから、そうなっても不思議はないですよ。もっとも、普通の男性なら一度射精するとしばらくは勃起しませんので、ダイチさんとアシュリー様の相性がよい証拠ですね」

そう言われて彼女のほうを見ると、向こうをこっちを見ていて視線が合ってしまう。

互いになんだか恥ずかしくなって顔を反らすと、それを見ていたサマラさんが笑みを浮かべた。

「うふふ、おふたりとも若いですね」

「サマラさんだって、俺といくつも違わないんじゃないですか?」

「気分としての問題です。子供のころから見てきたお嬢さまの初めての相手ですからね」

どうやら完全にお姉さんポジションにいるつもりのようだ。

ただ、自分だって十分俺を興奮させる魅力を持っているのは、知っておいてもらわなければ。

「サマラさん……」

「えっ？　んっ、あうっ！　きゃっ！」

俺は起き上がると彼女の肩を抱き寄せ、横からアシュリー様よりさらに大きな胸を持ち上げるとその頂点へ吸いついた。

「じゅるっ、れろ……！」

「ひゃうっ、んんんっ！　い、いきなりなんて……あんっ、ダメですっ！　そこは敏感なのに、そんなに勢いよく吸っちゃ……あっ、あぁぁぁっ!!」

歯で甘噛みするように乳首を挟み、遠慮なく刺激する。覗いていた仕返しだ。

それにしても、やけに反応がいい。

「……もしかして、俺とアシュリー様のセックスを見て興奮してたんですか？」

「そ、それは……」

口ごもるサマラさんを見てアシュリー様も興味を示す。

「あら、そうなの？　サマラが私たちのセックスを見て興奮していたなんて……」

「ち、違いますアシュリー様、あれは……あうっ!?　ま、待って……あひぃぃぃぃんっ！」

言い訳をするサマラさんにアシュリー様が近づき俺の反対側に座ると、そのまま股間に手をのばす。

既にふたりで一度寝ているというし、女性同士というものにも抵抗感はないんだろう。

「そんなこと言って、もう濡れているわ。これは言い訳できなさそうね？」

「お、お嬢様ぁ……」

サマラさんが息を荒くしながらアシュリー様を見つめる。

いつも「アシュリー様」と言っているから、「お嬢様」と呼んでいるのは地が出ているんだろう。

「申し訳ございません。でも、わたし……」

「いいわよ。でも、するときは私もいっしょにね？　まだまだ教えてもらいたいことはたくさんあるもの。いずれはサマラに負けないくらいのテクニックを身につけて、従者たちの主人として相応しくならないといけないものね！」

彼女はそう言いながら愛撫を続け、サマラさんを追いつめていった。

先ほどは少し弱気だったアシュリー様が、すっかり立ち直っているように見える。

「俺もサマラさんにはお世話になりましたから、お返ししないといけませんね」

「なっ……ダイチさんまで⁉　そんな……あっ、ううっ！　やぁっ、上下いっしょに……んぎっ、はひぃぃいぃいっ‼」

胸と秘部を同時に刺激され、情けない声を上げるサマラさん。

ちょっと酷い気もするけれど、人の情事を覗いていたんだから、このくらいのお仕置きはしてもいいだろう。

ご主人様のアシュリー様だってノリノリでやってるんだから問題ない。

「あっ、はうっ……！　ダメっ、イっちゃいます！　あっ、あああぁぁっ、イック……あぁあああぁっ!!」

ついにサマラさんの腰がビクビクッと震えて絶頂した。

左右から俺たちふたりに責められて、流石の彼女も耐えられなかったらしい。

「はぁ、はぁ、はぐぅぅ……」

「サマラ、気持ちよかったかしら？」

「は、はい……お嬢さまの指とダイチさんの舌、どっちも気持ちよかったです……」

興奮で顔を赤くしながら告白する姿はかなり淫らで、ただでさえ硬くなっていた肉棒がより膨れ上がってしまう。

「アシュリー様、サマラさん、俺もう我慢できないですよっ！」

「私も、サマラのイってる姿を見たらまたムラムラしてきちゃった……」

俺と視線を合わせたアシュリー様は、小さく首を傾げる。どうしたいかと問いかけているんだろうか？

ならば……。

「アシュリー様は仰向けに、サマラさんはその上へ四つん這いになってもらえますか？」

「ふふっ、ふたり同時になんて欲張りね」

「わ、わたしもですか……？」

アシュリー様は言葉とは裏腹にノリがよく、すぐベッドへ横になる。それを見ていたサマラさんも従者としての本能か、続いて彼女の上で四つん這いになった。

「申し訳ございません、お嬢さまの上に……」

「いいのよ、従者がこれだけ性欲をみなぎらせているんだから、主人としては受け止めないと。それに、サマラも私の指だけでは足りないんじゃないかしら？」

「そんなことは……あっ、んひゃうっ！」

否定しようとしたサマラさんが甘い声を漏らした。

俺が背後に回って、彼女の秘部へガチガチになった肉棒を突きつけたからだ。

「こ、これ、すごいっ。焼けた鉄みたいに熱くて、前よりも太いですっ！」

「あら、すっかりメロメロな表情になっちゃって……私も早く欲しくなってしまうわ」

「……悪いけど、もう我慢できないので始めさせてもらいますよっ！」

ふたりの会話を聞いていたい気持ちもあるけれど、股間のものは限界だった。

まずはサマラさんのお尻を両手で掴み、一気に腰を前に突き出す。

「ひぎゅぅぅっ!?　あうっ、ひぃぃんっ！」

亀頭が濡れた膣口をかき分け、トロトロの肉ヒダに包まれながら中へ滑り込んでいく。

「くっ！ これ、前よりすごい！ カリ首まで刺激されるっ！」

「はぁっ、うぐぅっ！ ダイチさんのおちんちんも、わたしの一番奥まで届いてますっ！ひぃっ、はううぅっ！」

肉付きのいいお尻に腰を打ちつけながら、膣内の感触を堪能する。

締まり具合はアシュリー様のほうが上だけれど、根元から先端まで全て包み込まれるような柔らかい感覚はたまらなく気持ちいい。

本能のおもむくままに腰を振り、犯してしまう。

「……すごいわ、こんなにパンパンって音が鳴ってる」

激しい音に驚いたのか、アシュリー様は目を丸くして上にいるサマラさんを見る。

「サマラ、そんなに激しくされて大丈夫なの？」

「だ、大丈夫じゃ、ないですっ！ でもっ、凄く気持ちいいですぅっ！」

嬌声を上げながらも主人の質問に正直に答えるサマラさん。

彼女に感化されたのか、アシュリー様もモジモジと足を擦り合わせる。

「今のサマラ、すごくエッチよ。こんな顔見るの始めて……」

「はぁ、はぁ……お嬢さまも、すぐに同じになってしまいますよ？」

「そ、そうかしら……」

緊張したようなアシュリー様の言葉を聞いて、俺はサマラさんの中から肉棒を引き抜く。

「じゃあ、実際にやってみましょうか！」

「あっ……んくぅっ！　熱いの、また入って……あぁああっ！」

彼女の返事を待つことなく、俺はアシュリー様の膣内に挿入していった。

まだ先ほどのセックスの熱は冷えきっていないようで、彼女の中は濡れたままだ。

「さっきよりも深いっ……あうっ、んんっ！」

「アシュリー様の中も気持ちよくなってますよ。すぐに我慢できなくなりそうだっ！」

サマラさんとはまた違った快感に、脳が犯される。

よく締まるけれどキツ過ぎもせず、ちょうどいい締めつけで精液を搾り取ろうとしてくるのだ。

すると、サマラさんが乱れた呼吸を落ち着けながら俺のほうへ振り返った。

「はぁはぁ、ふぅっ……ダイチさん、息が荒くなっていますよ。お嬢様のおまんこ、そんなに気持ちいいですか？」

「文句のつけようがないですね。気を抜くと射精しちゃいそうです！」

俺の言葉を聞いた彼女は、再びアシュリー様のほうへ向き直る。

「よかったですねお嬢さま。ダイチさん、夢中になってくれているようですよ？」

「はぁっ、んはぁっ……。当たり前よ、私はダイチの主人なんだからっ！」

ところどころで喘ぎ声を上げながらも、そう言って満足そうな表情をするアシュリー様。

そんな彼女に、俺は息を荒げながらも問いかける。

「じゃあ、もっと強くしても受け止めてもらえますよね？　アシュリー様の奥の奥まで、犯したいんです！」

「えっ？　こ、これ以上は……」

まだ激しくなるのかと驚いた顔になった後、すぐ首を横に振った。

けれど、俺はもう自分の欲望を止められない。

「だめっ、それはダメっ！　あっ、ひゃうううぅぅっ!!」

制止を無視してアシュリー様の奥へ肉棒を打ち込むと、彼女から甲高い嬌声が聞こえる。

いいところに当たったらしく、ビクビク腰を震わせて快楽に感じ入っていた。

「お嬢様がこんなに乱れるなんて……やはり、ダイチさんとは相性がいいみたいですね。んっ、あはぅっ！」

「サマラさんが色々教えてくれたからですよ。お返しに、たくさん気持ち良くしてあげますから！」

アシュリー様を犯しながら、サマラさんにも楽しんでもらおうと手を動かして愛撫する。

「うふふ、これからどうなってしまうんでしょう。でも、お嬢様のことも忘れないでくださいね？」

「もちろん、いっしょに可愛がりますよ。ねぇお嬢様？」

腰を動かしながら問いかけるが、彼女はもう息も絶え絶えな状態だった。

けれど、ご主人様としてのプライドか、俺たちのほうを見て笑みを浮かべる。

「ひぎゅっ、あうぅぅっ！　はぁ、はぅぅ……あはは、こんなに尽くしてくれる従者がふたりもいて、私は幸せものね。三人でいっしょに、気持ちよくなりましょう？」

「が、頑張ります！」

彼女の期待に応えられるよう、俺は腰と手を動かしていく。

快感が溜まっていて限界が近いが、それでも歯を食いしばって耐えながらふたりを犯す。

彼女たちも互いに手を握り合い、襲いくる快感に耐えているようだった。

「あひっ、んっ、ふぁあぁぁあぁっ！　また、こっちのも……気持ちいいですぅっ！」

「こ、こんなのイっちゃうっ！　はぁっ、ううっ！　おちんちん、子宮グリグリしてっ……あぁあぁっ!!」

アシュリー様はもちろんサマラさんの中にも肉棒を突き入れ、とにかくメチャクチャにかき乱す。

もうテクニックを気にする余裕なんかなくて、ただ劣情を彼女たちにぶつけるだけだ。

それでも、すでに高まりきっていた体は快感を生み出してくれる。

「イクッ、イってしまいますお嬢様っ！」

「んっ、くぅうっ！　わ、私もっ！　ダイチもきてっ!!」

直後、アシュリー様の膣内が激しく締めつけくる。

「うぐっ⁉　ダメだっ、アシュリー様っ！　ふたりに……出るっ、出ますっ！」

限界まで高まった興奮を叩きつけるように、俺は彼女たちに向けて射精した。

肉棒がドクドクと震え、大量の精液を吐き出していく。

アシュリー様だけでなくサマラさんにも、射精中の肉棒を突き込んでたっぷり中出しした。

「ひぃっ、あぁっ⁉　こんなっ、またたくさんっ……ダメっ、イクッ、またイっちゃうのっ！　イックウウウゥウゥウゥウウウッ‼」

「わ、わたしもっ！　お嬢様といっしょに、イってしまいますっ！　ひゃうっ、ああああぁあぁぁあぁあぁっ‼」

ふたりは抱き合うようにしながら絶頂し、全身をピクピクと震わせている。

ぎゅっと体を抱き合っている姿は姉妹のように仲が良さそうだけれど、それも俺の与えた快楽のせいだと思うと、また興奮しそうになってしまうので慌てて頭を振る。

それから数分後、ようやく絶頂の波が引いたらしくサマラさんが転がって、アシュリー様の上から退いた。

「はぁ、うっ……申し訳ございませんお嬢様っ」

「ううん。いいの、気にしないで。私はサマラの主人なんだから、むしろもっと頼ってもらえるようにならないとダメよね」

ふたりとも若干息は荒いが、頭のほうはある程度落ち着きを取り戻したようだ。

そして、アシュリー様は今度は、俺のほうを向いて声をかけてくる。

「ダイチ、貴方もこっちにきなさい」

「は、はい」

言われて彼女の横、サマラさんの反対側に横になる。すると、手を握られた。

恐らく反対側でもそうしているんだろう。サマラさんが両手で握り返している。

「これから大変なことが続くでしょうけど、領地の復興は私たちの手にかかっているわ。ふたりとも、手助けをお願いね」

いつもと変わらない声音だったが、内心では様々なことを考えているんだろう。

まだ彼女の内面を推し量ることは出来ないけれど、代わりにその華奢な手を強く握る。

俺はこうして、異世界で新たな居場所を見つけることが出来た。

苦労はあるだろうけど、頼れる先輩も尊敬できる主人もいる。

絶対に領地を復興させようと決意しながら、その夜を三人で過ごすのだった。

第二章　領地を狙う怪しい影

三人でセックスして絆を深め合った翌日、アシュリー様は本格的に行動し始める。

まず行うのは、援助された資金で難民たちの住居を確保し、破壊されたインフラを回復させることだという。

「魔獣災害が起こってから三ヶ月。これまでに多くの生き残りの難民たちを回収して、比較的無事だった街の近くに避難させているわ。でもこれは一時的な処置なので、早急に解消しなければならないの」

屋敷の執務室でアシュリー様が地図を広げている。

その地図では、二十を越える街や村に印がつけられていた。

「もしかして、これが全部……」

「ええ、魔獣災害によって被害を受けた場所よ」

伯爵領全体から見ると実に三割から四割に上っている。壊滅状態だ。

「全てが完全に破壊されたわけじゃないわ。むしろ、避難できた領民のほうが多いの。人間の被害が少ないのは幸運だわ」

「亡くなった伯爵様が騎士たちと共に抵抗し、大部分の魔獣を引きつけていたおかげです。魔獣の侵攻は速く、伯爵様の抵抗がなければ領内のほとんどが壊滅したでしょう」

アシュリー様の言葉をサマラさんが補足する。

「比較的軽い被害でこの状況って……魔獣災害ってどこもこんなに酷いんですか？」

「まさか、ダイチは魔獣災害も知らないのかしら？」

「いえ、俺もこっちに来て勉強したので、多少は知ってるつもりだったのですが……」

実は最近、仕事の暇を見つけては屋敷の書斎に行って本を読んでいる。

本当は当主とその家族しか使えないらしいけれど、この地域に疎い俺は、勉強するために許しをもらって出入りしていた。

いろいろな本を読んで情報を得た結果、魔獣は空気中の魔力濃度が濃くなり、しかも淀んでしまっているところに生まれる特殊な生物だというのが分かった。

魔力を使って生み出されるという意味では、ローズが従えていたようなゴーレムと同じだけれど、魔獣は制御が効かず凶暴で、人間に積極的に襲いかかる。

まだその生態には謎が多いが、この世界の人間は多かれ少なかれ体内に魔力を持っているので、それを狙っているのではないかと書かれていた。単純に凶暴なので建造物なども破壊されているが、人間は特に明確に襲われているという。

「魔獣が発生する中でも、特に大規模な発生が魔獣災害として警戒されているんですよね」

「ええ、それなりの街には魔獣狩り専門のハンターが常駐しているけれど、それで対処できるのはせいぜい数体。今回は百体近い魔獣が発生したらしいわ」

「そんなに……俺が読んだ本には、一体の魔獣に対抗するのに百人近い兵士が必要だと書いてあったのに……」

そんなものが百体も襲ってきたら、街一つではすぐ壊滅してしまうだろう。

「今回発生した魔獣はスライム。魔獣の中では比較的攻撃力が低いけれど、物理攻撃が効きにくいから、討伐するときに領軍やハンターにもかなり被害が出たわ」

「そうですか……。じゃあ、人々を守ってくれた方たちのためにも、一刻も早く復興しないといけませんね」

「ええ、そうね」

アシュリー様はしっかりと頷いたものの、表情は難しいままだ。

理由は分かっている。各所からの報告で、領民たちの間に絶望感が広がっているらしい。

災害から三ヶ月経ってもなかなか復興の兆しが見ないのが理由だとか。

「俺たちはアシュリー様が頑張っているのを傍で見ていますけど……」

「仕方ないわ、領民にとっては実感できる復興が始まっているかどうかなのだから」

苦い顔をしている彼女を見ると、やるせない気持ちになる。

元の世界ではテレビやネットがあったから、世界のどこでどんな災害が起こったのかも知っていたし、大災害では復興に十年単位の時間が掛かることも知っている。でも、この世界の人々はこういうことに慣れていないから、不満を感じやすいんだろう。

「あちこちに根回しして先日のパーティーでようやく支援が集められたのに、実際に働く領民たちのやる気が出ないんじゃ、復興も進まないわ……」

悩むアシュリー様を見てどうにかできないか考えていると、あるアイデアが浮かんだ。

「一つ提案なんですけど、被害にあった町や村、それに難民の避難地区へ伯爵家の旗を配ったらどうですか？　それも、特別に大きいやつです」

「伯爵家の旗というと、家紋入りの旗をですか？　しかし、あれは軍隊が使うものですよ。悪用される可能性もありますし、一般人へ貸与するのは不安です」

俺の提案にサマラさんが難色を示す。

「うーん、士気高揚になるとは思ったんですが……」

ダメだったか……と思っていると、アシュリー様が口元に手を当てて何か考え始めた。

「確かにリスクはあるけれどいい案だとは思うわ。私が何か言うよりも、身を呈して領民を守った軍の旗を揚げれば士気も高まるでしょう。伯爵家が村々を見捨てないという担保にもなるわ」

「しかし、アシュリー様……」

「今はリスクがあっても、効果が期待できる方法を取り組んでいくわ」

「……はい、かしこまりました。すぐに手配いたします」

サマラさんは少し不安そうな表情だったが、それ以上異を唱えることはなく、アシュリー様の決定に従ってテキパキと動き出す。

俺も手伝うため部屋を出ようとすると、アシュリー様に呼び止められた。

「なんでしょうか？」

「いいアイデアをありがとうダイチ。サマラは一番信頼できる臣下だけど、お父様が亡くなってからは少し心配性なのよ。私のためだというのは分かるけれどね。貴方は遠慮せずどんどんアイデアを出しなさい」

「わかりました！　遠慮なくやらせてもらいます」

流石に長年いっしょにいたサマラさんには敵わないけれど、俺は俺で役に立てる場面があって良かった。

その後、アシュリー様の指示で各地の村々へ旗が配られると、数日して現地から人々の間で明るい話題になっていると報告が来る。

どうやら狙いどおり、伯爵家が領民を見捨てないというサインとして機能したようだ。

いまのところは、サマラさんが危惧していたリスク、旗を盗まれたり悪用されたりする事態には至っていない。

まだ警戒が必要だけれど、ひとまずは俺のアイデアどおりに進んでいるらしい。

「ふふ、いい調子ね。このまま住民たちの士気が高まれば復興も早まるわ。物資の運搬や人材の派遣も進んでいるし」

アシュリー様は報告書を横目に見ながら満足そうに頷き、目の前の作業に戻る。

俺たちは今、物資の受け取りのため郊外の倉庫までやってきていた。

現在は、目の前に山と積まれた建築資材をアシュリー様が魔法で浮遊させ、被害に遭った町や村へ向かう馬車の荷台へ振り分けているところだ。

なぜ伯爵代理である彼女がこんなことをしているかと言うと、単純に人手不足だからだ。

「アシュリー様、大丈夫ですか？　もう何時間も働きっぱなしですが……」

「問題ないわ。今の私はダイチからの魔力供給があるから、前とは使える魔法の量も段違いなのよ？」

そう言って笑みを浮かべるアシュリー様だが、疲れているのは間違いない。

大の男でも数人がかりで持ち上げる丸太を、何十本も運搬しているんだ。

いくら魔法を使っていると言っても、神経は疲労しているだろう。

「俺が魔法を使えればいいんですが……」

「確かにダイチの魔力量なら、私に供給していてもまだかなりの分が余るわね。主従の契約があるから、私の得意な炎の魔法なら短期間で使えるようになるかもしれない。でも、付け焼き刃で使う魔法ほど危ないものはないわ」

「そうですか……」

残念ながら、まだ魔法を使って手伝えるようにはならないようだ。とはいえ、引っ越しのバイトを手伝ったりした経験はけっこうあるので、素手でも頑張ることにする。

「むんっ！」

「まあ、そんなにたくさん木箱を持って大丈夫ですか？」

「はは、ちょっとしたコツがあるんですよ」

一度に三つも持ち上げたのを見て驚くサマラさんに、そう答える。

すると、横で見ていたアシュリー様が眉を釣り上げた。

「むむ……主人としては従者に負けていられないわね。はっ！」

かけ声とともに、今度は丸太を三本合わせて持ち上げる。

「アシュリー様、危ないですよ！」

「黙っていなさいサマラ、これは主人としてのプライドの問題よ！」

ぐぬぬ、と唸りながらも丸太を空中に浮かべて運ぶアシュリー様。

サマラさんに言われて気付いたけれど、彼女の地って以外と負けず嫌いなところがあるなと思う。

今まで分からなかったのは、危機的状況で片時も油断できなかったからだろうか？

だとすれば、少しは余裕が出てきたと思って喜びたい。

「俺も負けてられませんね。もっと頑張ります！」

まだまだ大変な日々が続くが、少しずつ希望も見えてきた。

そんなことを感じながら、俺は従者としての日々を過ごしてく。


結局、資材の振り分け作業は日没までかかってしまい、屋敷に帰ったころにはすっかり日が暮れていた。

夕食はすでに外で済ませたので、後は休むだけだ。

照明用の燃料も貴重なので、夜は基本的に早く寝ることになっている。

ただ、部屋に戻るときのアシュリー様がかなり疲れた様子だったので、お茶を持っていくついでに部屋を訪ねることにする。

「アシュリー様、お茶をお持ちしました。アシュリー様？」

返事がないので中に入ると、彼女はベッドでうつ伏せになっていた。

「うう……はっ！　ダイチ⁉」

俺が部屋に入ってようやく気がついたのか、慌てて起き上がり乱れた服を整える。

「どうかされましたか？」

「油断したわ、まさか気がつかなかったなんて……。何でもないの、大丈夫よ」

そうは言われても、ここまで無防備な彼女は初めてだったので気になってしまう。

「やっぱり昼間の作業で疲れているんではないですか？　力仕事はなかったとはいえ、魔法を使えば精神的に疲れるという資料を見たことがあります」

「……そうね、少し頑張りすぎたかもしれないわ」

俺が続けて言うと、彼女はようやく認めて体から力を抜く。

持ってきたお茶をテーブルに置いて、ベッドのほうへ向かった。

「もう一度横になってもらえませんか？　マッサージしますよ」

「ダイチ、そんなことも出来たの？」

「本職の人にちょっと教えてもらったことがありまして。お金を取ったことはないですけど、結構評判だったんですよ。手先が器用じゃないですから、大雑把なやつですけど」

「へえ、やっぱり色々できるのね。少しやってもらおうかしら」

彼女は頷くと、もう一度ベッドの上でうつぶせになる。

「どこが疲れてますか？」

「やっぱり肩かしら。けっこう腕を上げっぱなしにしていたから」

「了解です」

彼女の肩に手を置き、具合を確かめながら力を入れていく。

「んっ、くぅ……そこ、いいかも」

「ここですね？　じゃあ、もうちょっと力を入れていきますよ」

凝っているところを確かめ、本格的にマッサージしていく。

グイグイと筋肉をほぐしていくと、その度にアシュリー様の口から声が漏れた。

「はぁ、ふっ……んぅ……」

力を強くすると気持ちいいのか、声も少しずつ熱っぽくなっていく。

それを聞いていると、こっちの体まで熱くなってしまいそうになる。

真っ白なうなじや、スカートを盛り上げるお尻の膨らみなんかが目に毒だ。

その上、体が温かくなり汗が蒸発しているのか、女の子の香りまで漂ってきている。

おかげでこっちの股間が、どんどん硬くなってしまっていた。

「ふぁうっ！　んっ、はぁっ……そこ、気持ちいいわ。本当にマッサージが上手ね」

「……ありがとうございます」

声をかけられ、慌てて邪念を振りほどきながらマッサージを続ける。

より集中して行ったことで、それからは意識を乱されることもなくなったが、気付けばかなり時間が経ってしまっていた。

「もう十分よ、ありがとう。ふぅ、さっぱりしたわ……」

俺が手を離すとアシュリー様は起き上がり、軽く伸びをして体の調子を確かめる。

それを横目に、俺はさっさと部屋から出ていこうとした。

「じゃ、じゃあ俺はこれで……」

「待ちなさい。一方的にやってもらっては悪いもの、今度は私がマッサージするわ」

「……えっ？」

腕を掴まれ、強制的にベッドの上へ引き込まれてしまう。

「だいたい、私より体を使っているダイチのほうが疲れているはずでしょう？　いいから見せなさい」

「いや、ちょっと……！」

腕を掴んで引き寄せられ、押し倒されそうになる。

その最中、彼女の足が俺の股間に触れてしまった。

「あら？　これって……」

何かに気付いたように俺の股間を見て、それから少し顔を赤くするアシュリー様。

完全に勃起しているわけではないけれど、通常よりは硬くなっているものに触れたようだ。

「ダイチ、あなた私にマッサージしながら興奮してたの？」

「……少し」

繕ってもしょうがないので正直に答えると、彼女は首を傾げた。

「少しってどういうこと？　興奮するかしないかではないの？」

「ムラムラはするけど、襲いかかるほどではないというか……」

「……ふむ、やっぱり貴方も疲れているんじゃない？　男の人って、そういうときは襲いかかってくるものかと思ったけれど」

「流石にそこまで無節操じゃないと、思ってますけど……」

少し前、アシュリー様とサマラさん相手に盛ってしまった事実があるので完全には否定し辛い。

「まあいいわ。何にせよ、体が凝っているなら解さないといけないもの」

「あ、アシュリー様、でも……うっ！」

片手で股間を握られ、驚いている隙にベッドへ押し倒されてしまう。

「ふふ、前にもこんな感じでしたことがあったわね」

「よく覚えていますよ……」

上から楽しそうな表情のアシュリー様に見下ろされ、苦笑いする。

あのときは初めてで緊張していたけれど、今回は笑って返す余裕があった。

アシュリー様は主従の関係を深めるため積極的にセックスしようとするので、まだ出会って半月も経っていないが、何度も体を重ねている。

「私も少しはセックスに慣れてきたから、任せて。でも、まだ不慣れなことも多いからあまり動かないでね？」

　そう言うと、彼女は自分の服に手をかける。

「アシュリー様、何を……うわっ⁉」

　何をするかと思えば、俺の目の前で服を脱ぎ始めた。しかも一枚残らず下着まで。

　俺は突然のことに驚いて動けなくなってしまい、アシュリー様はその間に全裸になっていた。

「んっ……これでどうかしら。ちゃんと私の体に欲情する？」

　しっかり胸を張って体を見せつけてくる彼女に、咄嗟に言葉が出ない。

　今までは着衣のままだったり半脱ぎだったりで、お嬢様の全裸にお目に掛かるのは実は初めてだった。

「ええと、あの……すごく綺麗です」

　顔立ちにはまだ少女らしさが残っているけれど、スタイルのほうは完璧に成長している。

　程よい肉付きの手足や細い腰、バランスが崩れない程度に自己主張する胸や尻。

　どれも魅力的で、どこに視線を向ければいいのか迷ってしまう。

　白い肌とその背に流れる金髪も綺麗で、神々しさすら感じられる。

「その目を見れば、聞くまでもなかったかもしれないわね」

「でも、アシュリー様も少し興奮していませんか？　さっきより顔が赤くなってます」

「ッ!?　こ、これは見逃しなさい。私も男性の前で裸の姿を晒すなんて初めてなのよ」

　そう言って恥ずかしがりながらも、体を隠す様子がないのは強がりな彼女らしい。

　アシュリー様はそのまま少しの間、俺を見下ろしていたが、一度下を向いて股間を見ると、再度視線を合わせる、

「体を見せるのはこれくらいでいいでしょう？　こっちもだいぶ硬くなってきたみたいだものね」

「それだけアシュリー様の体がエッチだってことです。うっ！」

　彼女は肉棒をズボンの上から握ったまま、その場で体を回転させ、腰をずらす。

　ちょうど俺の目の前に秘部が近づいてきて、シックスナインの体勢になった。

「この体勢は……」

「恥ずかしいのは理解しているから言わなくていいわ！　ふぅ……今度は私が解してあげる」

　そう聞こえた直後、肉棒が引きずり出され、何か温かいものに包まれた。

「うっ!?　くっ……うぉっ……！　こ、これはっ！」

「はむっ、ちゅる。フェラチオ、初めてやるから上手じゃないかもしれないけれど、許してね」

　アシュリー様は少し申し訳なさそうだったが、俺はそれどころじゃない。

上手い下手の問題ではなく、彼女が俺のものを舐めているというだけでこれ以上なく興奮してしまう。

「うっ、ぐ……これがアシュリー様が口の中？　蕩けそうなくらい気持ちいいですっ！」

膣内より広い空間だけれど、その中で舌が縦横に動き回って肉棒を刺激している。

傍から見ると上品な仕草かもしれないのに、その清楚な口の中で、こんなに一生懸命にご奉仕してくれるなんて！

「んっ、んんっ！　ちゅぷっ、んむぅ……！　先っぽから苦いのが溢れてきたわ、そんなに私の口が気持ちいい？」

「や、ヤバいです。こんなのいつまでも我慢できないっ！」

しかも目の前にはむき出しの秘部まであって、視覚への刺激も十分すぎる。

この綺麗な割れ目が俺の肉棒を咥え込んで、ドロドロの本気汁を漏らしていたなんて信じられない。

一瞬顔を近づけて舐めようかと思ってしまったけれど、せっかく一生懸命フェラチオしてくれている彼女を邪魔したくないので我慢した。

「んぅ？　んぷ、ふぁっ！　口の中で出しちゃダメよ」

「うっ……アシュリー様？」

射精の欲望が高まってきたところで彼女は口を離し、起き上がってしまう。

「出すなら私のお腹の中にしなさい。んっ……はぁんっ！」

そして、そのまま腰を浮かせると後ろを向き、唾液と先走り汁で濡れた肉棒を膣内へ咥え込んでいく。豊満なお尻の向こうにある秘部に肉棒が飲み込まれていく光景がエロい。

普通の騎乗位と違って顔や胸が見えないのは残念だけど、お尻もなかなか魅力的だ。

「うぐっ⁉　いつもよりキツいっ！」

自分から秘部を刺激していないからか、普段よりつっかかる感覚がある。

それでもここ最近の行為で慣れているからか、なんとか奥のほうまで入っていった。

「ふっ、はひぅっ……全部入ったわ……」

最後まで挿入しきると、アシュリー様は大きく息を吐く。

少し呼吸を整え、自ら腰を動かし始めた。

「私が搾り取ってあげるんだから……はぁ、あんっ……！」

「いきなり激しいっ……うっ！」

アシュリー様は、腰を勢いよく上下に動かしてくる。

ただ、少し無理やり気味なのでちょっと肉棒が苦しい。普段なら興奮に身を任せて耐えられるけれど、疲労が溜まっているからかどうしても気になってしまう。

自分で動くという心意気はありがたいけれど、気持ちだけが逸ってしまっている気がする。

「す、ストップ！　もう俺がやります！」

「えっ⁉　あっ、きゃあっ！」

ついに我慢できなくなって、腰を掴んで動きを止めてしまう。

「な、なんで……？」

「アシュリー様の気持ちはすごく嬉しいんですけど、俺の体がついていかなくて……」

「……そうだったの。先走ってしまってごめんなさい」

説明すると、振り返ったアシュリー様がしゅんとしていて、こっちが申し訳なくなってしまう。

「大丈夫です、俺が挽回しますよ！」

「なっ、ちょっと……んひゃうっ⁉」

彼女の腰をしっかり捕まえて、腰を突き上げる。

ピストンは大きいが動きはゆっくりで、膣内を肉棒で味わうように動かしていった。

「んっ、あぁあっ、ひぅ……！　これ、さっきより気持ちいいっ、あぁああっ⁉」

ゆっくり何度かピストンし、最後にぐいっと子宮口を突き上げる。すると甲高い嬌声が上がった。

同時に膣内で愛液が溢れ出て肉棒にまとわりつく。

「ど、どうしてこんなに違うのっ？」

「サマラさんが、俺たちの体の相性がいいって言ってたから、じっくりやれば自然と上手くいくと思って……」

そう言うと、彼女が少し驚いた表情になる。

「サマラがそんなことを？　それだけダイチを信用してるってことかしら」

「そうだと嬉しいですね。……それより、くっ！　俺もそろそろ限界が近いです！」

肉棒を動かす度に膣内が馴染んでいって、快感が溜まっていく。

この少しの間にも、無視できないほどの気持ちよさが腰から上がってきていた。

「ぎうっ、ひぃんっ!?　きゅ、急に激しくっ……」

「アシュリー様、最後はまた、中でっ！」

うめくように言うと、彼女は頷いた。

「はぁ、はぁっ……いいわ、私の中にたくさん出してっ！　私も、イっちゃう……あぁっ！」

膣内がビクビクと震え、アシュリー様も強く興奮していると教えてくれる。

彼女もセックスで気持ちよくなってくれていると思うと嬉しくて、さらに強い感情がこみ上げてきた。

「ぐっ、うぅ！　アシュリー様っ！」

「あひっ、ひぅぅっ！　イクッ、もうイっちゃうっ！」

施したマッサージで感覚が敏感になっているからか、何度も限界を訴えるアシュリー様。

表情を見るまでもなく、その蕩けた声でどれだけ感じているか手に取るように分かった。

自分の手で彼女をここまで興奮させたかと思うと、自然と笑みが浮かんでくる。

「このまま最後までイかせてあげますよ！」

「ひうっ、んぎゅっ……だめよ、私だけじゃっ！　ダイチもいっしょに……あうっ、ああああぁぁっ！　だめっ、溶けるっ、溶けちゃうっ‼」

主としてのプライドからか、自分だけ先にイクのは悔しいらしい。

そんな彼女に合わせるため、俺も猛然と腰を突き上げアシュリー様の中を堪能する。

「くっ、また締まって……やっぱりお嬢様の中、最高だっ！」

「はうっ、あぁっ、また強くっ……ひぐぅっ！　だめっ、もうっ！　ダイチもきてぇぇ！」

「ぐあっ⁉　すごい、締まって……！　イキますっ、出ますっ‼」

最奥を突き上げると同時にギュッと膣内で肉棒を締めつけられ、限界を迎えた。

「ひあっ、あひゅううぅっ⁉　すごい、熱いっ！　こんなのイっちゃうううぅぅううぅぅっ‼」

背筋を震わせ絶頂するアシュリー様。

長い金髪も揺れて、ところどころ汗で体に張りついている光景がエロい。

「ふぅ、ん……ダイチもセックスがだんだん上手くなってきたわね。サマラの言うとおり体の相性がいいのかもしれないけれど、イカされてしまったわ……」

「いえ、そんな……俺はただ夢中でやってただけで……」

まさかそんなふうに言われるとは思わず、少し照れてしまう。

「ふふっ、ならある意味才能かもしれないわね。主人として私も負けていられないわ。もう一度付き合ってくれる？」

「えっ？　は、はい！」

体をこちらに向けた彼女にそう言われ、反射的に頷く。

すると、アシュリー様は火照った体を動かしてこちらを向き、騎乗位でのセックスを始める。

また快感が昇ってくるのを感じながら、俺も彼女の腰を掴んで動き始めるのだった。


領内の各地に物資や人材を送り、本格的な復興が始まってから数週間が過ぎた。

「アシュリー様、こちら今週分の報告書です」

「ありがとうダイチ。ふむ、作業は順調に進んでいるようね」

俺のご主人様は受け取った書類を見て満足そうに頷く。

物資も人材もある程度揃って、少なくともアシュリー様が魔法でクレーンの真似事をする必要はなくなった。

俺も少し余裕が出てきたので、最近は独自に魔法についての勉強も進めている。

この世界の魔法は術者の感覚に依存する部分が多いようなので、机に向かっての勉強は少なくてすみそうだ。

「ひとまず復興は軌道に乗りましたね、おめでとうございます」

「ええ、ありがとう。他家の支援でなんとかやりくりしている状態だから、まだ気は抜けないけれどね」

そう謙遜して言うが、表情は柔らかく余裕も見える。

こうして見ると、初めて会ったときはちょっと無理をしていたんだなと思った。

だが、そんなとき突然彼女が顔をしかめる。

「ん？　これは……」

「どうかされましたか？」

「ここの最後のところに、最近南部で、見慣れない怪しい商人がいるのを見たという情報があるわ」

「復興作業で色々と人が出入りしていますし、顔を知らない商人がいてもおかしくないのでは？　それだけで怪しいというのは……」

不思議に思って訪ねると、彼女は首を横に振った。

「報告をくれた相手は、代々伯爵家に仕えてくれている騎士よ。魔獣討伐で負傷して一線を退いたけれど経験も私より豊富だし、注意する必要はあると思うわ」

「なるほど……しかし、どうします？」

多少の余裕は出てきたと言っても、調査に回せるような人材はいない。

「そんなの決まっているわ、私が行く。もし良からぬことを考えている輩（やから）なら、その場で成敗するわ！」

「やっぱりそうなりますか……。了解です、サマラさんに馬車を用意してもらえるよう伝えます」

彼女が一度そう決めたなら、止めても無駄だろう。本当は無理をしてほしくない気持ちもあるけれど。

俺は大人しく言うことを聞き、出発の準備を始めるのだった。

翌日、馬車に乗った俺たちは怪しい商人が目撃されたという村まで向かう。

しかし、到着早々異様な光景を目にすることになった。

「アシュリー様、ここもようやく復興が軌道に乗ったばかりのはずですよね？」

「ええ、そのはず……でも、明らかにおかしいわ」

俺たちの目の前にあったのは、他の街や村より明らかに復興が進んだ村の姿だった。

「サマラ、こういった報告はあったかしら？」

「いいえ、アシュリー様。この村、トラン村は特別豊かということはなく、自力でここまで復興できるとは思えません」

　復興のために伯爵家の使えるリソースは、出来るだけ公平になるよう振り分けられている。となると、この村で何か異様なことが起こっているのは疑いようがない。

　アシュリー様は険しい表情になると馬車の扉を開ける。

「村長と話してくるわ、サマラはついてきて。ダイチはここで馬車を待機させておきなさい」

　言われたとおり、サマラさんが後ろについて同行した。

　俺はサマラさんのいた御者台に移り、すぐ出発できるようにする。

　一応馬車の操作も教わっているけれどまだ慣れていないので、出来れば話し合いが平穏に終わってほしいと思いながら見送った。

　三十分ほど経っただろうか。アシュリー様とサマラさんが帰って来る。

　ただ、どうもアシュリー様は難しい顔をして何か考えていた。

「ダイチ、とりあえず馬車を出して」

　手綱を動かして二頭の馬に合図を送り、馬車を前進させる。

　ある程度村から離れると、俺は彼女に声をかけた。

「アシュリー様、いったい何があったんですか？」

「あの村が何か良からぬことに関係していることは分かったわ。どうしてあれだけ復興しているのか聞いても明確な答えが返ってこないの」

「おそらく、件（くだん）の商人が関係しているのでしょう。村長は口止めをされていると思われます」

機嫌の悪いアシュリー様の言葉をサマラさんが補足してくれる。

「でも、その商人はこの村を支援して何をしようとしているんでしょう？　何か特産品があるとは思えませんし」

山も、川も、森も、資源になりそうなものは何もなく、せいぜいまだらに咲いている赤い花が慰めになる程度。

謎の商人の考えがさっぱり想像できなかった。

「どうにかしないといけないわね……」

アシュリー様は腕を組みながら、何か考え込んでいるようだ。

そしてこの翌日、俺はひとりでこの村……トラン村に潜入することになるのだった

「やあ、旅人さんかい？　こんなところに珍しいね」

「いやぁ、親戚の家が魔獣災害で被害を受けたとかで、様子を見に来たんですよ」

昨日馬車で待機していたのが功を奏したのか、顔は知られていない。だからこそ俺が潜

入することになったんだけれど。

話しかけてきた村人にそう返しながら、俺はあたりの様子を見る。

ここはちょうど村の中心で、ちょっとした広場になっているところだ。

広場といっても舗装はなく、土がむき出しだけれど、瓦礫がないだけ他の村より見栄えがいい。

「この村も被害に遭ったんでしょう？　でも、随分活気があるように見えますね」

「はは、そうかい？　実は親切な商人さんが個人的に支援してくれていてねぇ。なんでも、昔父親が助けられた恩返しだとか……」

「恩返し？」

「そうさ、立派な心がけだろう？　おっ、話をすればその商人さんのご到着だ！」

「商人……まさか、あれが⁉」

村人に言われて振り返った瞬間、俺は驚愕で目を丸くした。

「さあさあ皆さん、今日も支援物資を持ってきましたわよ！」

物資を積んだ馬車の荷台に立っているのは、あのローズ・クリストフ子爵令嬢だった。

一度しか顔を合わせたことがないが、見間違えるはずがない。

彼女は集まった村人たちに愛想を振りまきながら、物資を手渡ししていく。

部下らしき男たち数人も手伝って、次々に荷物が分け与えられていった。

「なんてことだ、彼女が報告にあった商人なのか？」

驚きで動けなくなってしまった俺だが、ローズが村長に招かれて家に入っていくのを見て正気に戻る。

「これだけじゃ証拠がない。もっとよく調べないと……」

俺は部下の男たちの視線を掻い潜りながら家の敷地へ侵入し、裏側から回って中を覗き込んだ。

そこでは村長とローズが机を挟んで向き合い、密談をしているようだった。

「村長、昨日アシュリーがここに来たそうですわね」

「はい。しかし、適当な理由をつけてお帰り願いました。ローズ様との関係はバレていませんので、ご安心を」

「あたりまえですわ。わたくしがこれまで、この村にどれだけの物資を与えたと思っていますの？」

「それはもう。この村が他所より早く復興できたのは、ローズ様のおかげでございます」

へりくだって言う村長の姿を見て、ローズはため息を吐く。

「ふぅ、だったら早くロートレッジ伯爵家から我がクリストフ子爵家に所属を変えると正式に宣言なさい。そうすれば、この村の周囲に自生するあの花はわたくしのものですわ」

ローズが視線を動かした先にあったのは、花瓶に入れられた赤い花だった。

「この花の種は素晴らしい染料になるのです。でも、土が違うと育たないようで今まで市場に出回らなかった……。この村を領有できれば我が商会の今年の目玉になります。そうなれば今年の売り上げ三割アップは間違いないですわね！」

お金のことを話しているローズは心底楽しそうで、生粋の商人という感じがする。

しかし、うちから子爵家に所属を変えるだって？　聞き捨てならないな。

アシュリー様が頑張っているのを近くで見ている身としては、それを裏切るような行いは許せない。

「ははぁ、それは大変結構なことで」

「ええ。ところで、村の住民の意思統一のほうは大丈夫ですの？　復興の遅れに耐えかねた村人が一丸となって離脱を宣言し、クリストフ子爵がそれを保護して自領に編入するという筋書きなのですから」

「問題ありません。この村は開拓されてからまだ十年も経っていない。住民たちも伯爵家への帰属意識は薄いですし、物資を与えてくださるクリストフ子爵様の庇護下に入りたがるでしょう」

「ならいいわ、そのまま進めなさい。期待を裏切らないでくださいね？」

ローズは場当たり的に事を始めたのではなく、以前から準備を重ねていたらしい。

善意の支援というのは建前で、本音では染料のために村を手に入れようということか！

アシュリー様が必死に復興を進めている裏でこんなことが行われていることに怒りを感じたが、ぐっと堪える。ここでバレてしまっては意味がない。

その後、ローズたちの話題が染料の出荷に移ったところで俺は家を出た。

「このことをアシュリー様たちに伝えないと！」

このままではこの村がクリストフ子爵のものになってしまう。

だが、家の敷地を出ようとしたところで、大きな人影に行く手を塞がれてしまった。

「なっ、ゴーレム⁉　さっきまでいなかったのに！」

以前見た銀色のミスリル合金のものと違い、茶色い岩で出来たようなゴーレムだが、門を塞ぐには十分な大きさだ。

その上自立式なのか、以外と素早い動きで手をのばしてくる。

「うっ、ぐわっ！」

突然のことで驚き動きが止まってしまった俺は、そのままゴーレムに捕まってしまった。

力いっぱい拘束を解こうとするも、ビクともしない。アシュリー様との契約で仕事中は能力が上昇しているはずなのに。

それだけこのゴーレムの力が強力だってことか！

「何事ですの⁉　あら、あなたは……」

慌てた様子で家から出て来たローズは、俺を見ると目を丸くしていた。

「ろ、ローズ様、この者を知っておられるので？」

「ええ、知っていますわ。そうですか、アシュリーの命令ですわね？」

　彼女はそのまま近づいてくると、ゴーレムに拘束されている俺を見つめる。

「わたくしのゴーレムの前に立ちはだかったときはなかなか骨のある相手だと思いましたけれど、こんな自立式ゴーレムに捕まるなんて、意外に間が抜けていますのね」

「間抜けで悪かったな」

　苦々しい表情で顔を上げると、案の定彼女は満面の笑みを浮かべていた。

「アシュリーの新しい従者というからどんな人間か気になっていましたのに、期待はずれですわ」

「……それで、俺をどうするつもりなんだ？」

　大人しく帰してくれるとは思えない。ローズの計画が完了するまで監禁されるとか……。

「せっかくのアシュリーの従者ですもの、彼女に屈辱を味わわせるために使うに決まっているでしょう？　さあ、こっちに来なさい！」

「ぐっ！」

　ゴーレムに拘束されたままの俺は抵抗できず、家の中に連れ込まれてしまう。

　そして、客室らしき部屋に入ると椅子に座らされた。

　その上でゴーレムの体の一部が変形し、俺の腕を拘束する手錠になる。

「こんなところに連れて来て、いったいどうするつもりだ？」

改めて問いかけるが、ローズは聞く耳をもたず逆に問いかけてくる。

「貴族というのは従者とセックスするのが当たり前なのでしょう？　ということは、あなたもアシュリーとセックスしたことありますわよね？」

「……それがどうした？」

一瞬迷ったが、この世界の貴族の常識を考えれば問題ないだろうと考えて肯定する。

「むっ、意外とあっさり認めましたわね。本当に、当たり前に従者とセックスしているなんて……」

ここでローズは予想外にも驚いた顔をしていた。

生まれながらの貴族と、少し前まで商人の娘だった成り上がり貴族の違いか。

「ふしだらだと罵りたければそうするといい。平民と貴族じゃ価値観が違うだろうしな」

「ふんっ！　あなただって雇われる前は平民側だったんじゃありませんの？　それなのに今はすっかりアシュリーに手なずけられて、情けないですわね！　あんな女のところにいるより我が商会で雇われません？　良い給料を払いますわよ」

「冗談じゃない！　確かに最初は助けられた恩返しだったから、手なずけられたって言うのも的外れじゃないかもな。でも、今はアシュリー様を助けたくて従者をやってるんだ。それを情けないと言われる筋合いはない」

毅然とした態度で言うと、彼女はますます気に入らない様子で目つきを鋭くした。

恐らく俺を子爵側に寝返らせて、アシュリー様に屈辱を味わわせようというつもりだったのだろう。

「いいですわ、そういうことなら貴族らしいやり方で勝負して差し上げます」

ローズはギュッと口を結ぶと、両手で服の胸元をはだけ始めた。

シャツのボタンまで外すと、想像以上に発育のいい胸が見える。

「お、おいっ！　何をしているんだ!?」

「貴族らしいとはこういうことでしょう。主人と従者がセックスで絆を深めるなら、横から寝取ることも可能ではなくて？」

それは想像したこともなかったけれど、確かに主従の絆を壊す恐ろしい方法だ。

「うふふっ、戦慄していますわね？　わたくしも貴族になってから色々勉強しましたわ。スタイルにも自信がありますし、必ずあなたを堕としてアシュリーに勝ってやります！」

「こいつ……くっ！」

ローズは動けない俺の股間へあからさまに胸を押しつけてくる。

ズボン越しに柔らかい感触が伝わってきて、咄嗟に口を閉じてため息を飲み込む。

「男というのは巨乳好きが多いと聞きましたわ。わたくしの胸、アシュリーに負けていませんわよね？」

「確かにサイズはなかなかだよ、俺でもどっちが上かは分からない。でも、アシュリー様の胸のほうが好きだな」

「ふん、もっと素直になって気持ちいいと認めてしまいなさいっ！」

ローズはさらに俺のズボンに手をのばし、下着ごと脱がしてくる。

その上で再度胸を押しつけて、今度は生乳の感触を味わわせてきた。

「くっ⁉　うっ、はふぅっ……」

「うふふっ、息が荒くなっていますわ。やはり男なんて単純ですわねっ！」

ローズはそう言って喜んでいるものの、彼女自身もかなり羞恥を感じているようだ。

頬を赤く染めて視線も安定せず、特に直に肌を合わせた辺りから反応がより顕著になっている。

「ほら、もっと遠慮せず感じていいんですわよ。それに、わたくしの従者になれば何度でも触れられますし」

「それは……」

グニグニと太ももや股間に押しつけられる至福の感触に、一瞬心が揺らぎそうになる。

「んっ、胸の下で熱いものが……ひゃっ⁉　こ、これは……」

ローズが軽く胸を動かすと、下から勃起した肉棒が現れる。

彼女は一瞬驚いた表情を見せたものの、すぐ笑みを浮かべた。

「ふふ、うふふふっ！　わたくしの胸を押しつけられただけで、ちんぽをこんなにしてしまうんですの？」

「うぐっ、やめっ……胸を動かすなっ！」

調子に乗ったのか、ローズはさらにおっぱいを動かしてくる。

硬くなった肉棒は刺激されやすくなっており、特に谷間に挟まれると全体が乳房に包まれて気持ちいい。

初めての快感に肉棒が震え、先端から先走り汁が漏れる。

「あらあら、もうこんなにビショビショにして……わたくしの胸の中がそんなに気持ちいいんですの？」

俺の肉棒を胸に挟んだローズは、嘲るような視線を向けながら締めつけを強めた。

張りのある巨乳に漏れ出た先走り汁が広がり、絶妙な感触で性感を高められる。

「ぐっ……！」

「気持ち良いですわよね？　アシュリーはこういったことはしてくれないんじゃないかしら。あの子も立派なものを持ってるのに、もったいないと思わない？」

俺が興奮しているのを見て嬉しそうに笑いながら、アシュリーと自分を比べようとしている。

やっぱり相当、彼女に執着しているようだ。

「アシュリーよりわたくしのテクニックのほうが上だと認めたら、最後まで気持ち良くしてあげますわ。ふふ、どうかしら？」

両手で左右から美巨乳をグッと押さえつけ、肉棒をマッサージするローズ。

「ほらほら、我慢は体に毒ですわよ！　観念してわたくしの勝利を認めなさい！」

「ッ⁉　ふっ、うぅっ……！」

ローズのパイズリは予想以上に気持ちいい。

テクニックはふたりに及ばないだろうけれど、その分アシュリー様に勝ちたいという気持ちが伝わってくるようだ。

見ていてこっちが大丈夫なのかと心配になるほどギュウギュウ胸を押しつけ、肉棒を潰してくる。

こんなに強引な行為は初めてで、かなり辛い。

「ん、ぐっ……どうしたんですの？　降参します？」

「し、しないっ！」

「ふぅ、強情ですわねぇ……ですが、そろそろトドメを刺させてもらいますわ！」

彼女は軽く口を開けると、そこから舌を出して谷間に唾液を垂らした。

トロトロとした液体が滴り落ちて、乳房と肉棒を濡らしていく。

「うふっ、これでヌルヌルになってしまいましたわね？　今までよりも、もっと気持ちよ

くなってしまいなさいっ！」

「ぐううぅぅっ⁉」

ローズが両手で自分の巨乳を掴み、パンパンと股間に打ちつけてくる。

その谷間では肉棒が激しく扱かれている真っ最中で、より強くなった快感に腰が震えそうになった。

「はぁ、んんっ！　そろそろ限界ですわね？　そのままイってしまいなさいっ！」

「だ、ダメだ、くっ……！」

最後に両手で胸を抱きかかえるように締めつけられた直後、俺は限界を迎え欲望を解き放った。

吹き上がった精液はローズの首もとまで飛んで、彼女の白い肌を犯す。

「んっ、ひゃうっ！　熱いっ、こんなにたくさん出るんですのっ⁉」

俺がパイズリ射精の快感を味わっている間、ローズは呆然とした表情で射精を続ける肉棒を見下ろしていた。

数分後、ようやく興奮が落ち着いてくると俺は拘束から解放される。

「ぐっ」

「……少し驚きましたけど、確かに射精させてみせましたわ！　口では拒否しつつも、ちんぽを刺激すれば射精してしまうのだから、男って単純です。ふふっ、これで一つアシュリーに屈辱を与えられましたわね」

胸を俺の精液で白く汚しながら、満足そうな笑みを浮かべるローズ。

一方の俺はアシュリー様への申し訳なさで胸がいっぱいだった。

「今日のところはこのくらいにしてあげます。あの女のところに帰っていいですわよ」

堂々とこちらを見下ろす彼女に何も言えず、俺は身支度を整えてフラフラと家を後にする。

屋敷に帰ってから今日起こったことをどう説明したらいいか、俺の頭の中はそれで埋まってしまっていた。

◆　◆

ダイチを見送ったアシュリーも興奮から覚め、先ほどまで彼の座っていた椅子に腰掛ける。

無論、胸元の汚れは拭き取って服装の乱れも正していた。

「……マズいですわね、計画がバレてしまいましたわ。この家に侵入していたということは、わたくしと村長の会話は聞かれていたと見るべきでしょう」

先ほどまでの話の内容を思い出し頭を抱える。

復興の隙にこのトラン村を離反させ、クリストフ子爵側に寝返らせる計画。そのほぼ全てを知られてしまったのだ。

「村が自主的に独立するならまだしも、その裏にクリストフ子爵がいたとなれば問題は避けられませんわ」

王国の法では貴族が勝手に戦いを起こしたり、土地の売買を行うのも禁止している。

今はともかく、王都にまで話が伝われば大事になってしまう。特に成り上がり貴族であるクリストフ子爵をよく思わない者たちは一斉に攻撃してくるだろう。

「この計画はわたくしが主導で進めたもの。お父様に迷惑はかけられませんわ。どうにかしないと……」

苦い顔をして考え込んでいたローズだが、暫くするとハッと顔を上げた。

「そうだ、そうですわ！　たぶんアレが使えます、急いで帰らないと！」

彼女は立ち上がると家を飛び出し、同時に魔力を練り上げる。

「出よ土塊の駿馬！　クリエイトゴーレム！」

直後、目の前の地面がモゴモゴと盛り上がって土で出来た馬型のゴーレムが現れる。

ローズが素早く跨がると、ゴーレムは静かに素早く走り出す。

その動きは滑らかで、本物の馬よりスピードが出る。彼女のゴーレム生成魔法がどれほど優れているか物語っていた。

「ふふ……覚悟しておきなさいアシュリー。今度こそ完膚なきまでに叩き潰してあげますわ！」

彼女は高笑いをしながらゴーレムを操り駆ける。

目的地は子爵領の屋敷。そこでアシュリーに対して先手を打とうというのだった。

◆　◆

一方、ダイチは疲労困憊（ひろうこんぱい）の状態で伯爵家の屋敷にたどり着いていた。

乗馬技術がないので徒歩移動になってしまい、この移動だけで半日以上かかってしまう。

ローズに尋問され、強制的に搾精された状態だったので、体力の消耗は激しかった。

ヨロヨロしながら帰ってきた彼を見てアシュリーは驚愕し、すぐその体を支える。

「ダイチ、どうしたの⁉　いったい何が……」

「ろ、ローズです。トラン村にローズ・クリストフ子爵令嬢がいました。あの村を子爵のものにしようと企んでいます！」

その言葉を聞き彼女は目を見開く。

「そんな、まさかローズが？　前々から私をライバル視していたけれど、直接領地に手を出してくるなんて……」

元から関係は悪かったが、ここまでされるとは思っていなかったのだろう。

アシュリーは驚愕で少し混乱しているようだった。

「アシュリー様。すみません、俺、見つかっちゃって……」

「そんなことは気にしないで。今はこうして帰ってきてくれただけで十分よ、ゆっくり休みなさい。私は対策を行うわ」

ダイチのことをサマラに任せると、そのまま執務室へ向かう。

「ローズ、許せないわ。領地に手を出したことも、ダイチに手を出したことも！」

怒りの感情を込めてグッと拳を握り、机に押しつける。叩きつけなかったのはなんとか理性を働かせていたからだろう。

この場にサマラがいれば驚いたに違いない。

付き合いの長い彼女でも見たことがないほど、今のアシュリーは怒っていた。

父親やその家臣が命に代えて守った村や人を裏切らせようとする行為に加え、最近情が湧いてくるようになった家臣まで襲われたのだ。

伯爵家のものを守るという気持ちの強い彼女にとって、これは到底許せないことだった。

「これは明確なルール違反よ。すぐ国王陛下に訴えて……え？　なに？」

そこまで考えたところで、アシュリーは窓の向こうからこちらに何か近づいてくるのに気付いた。

それはこの辺りではあまり見ない猛禽類で、しかもその体は土で出来ていた。

「っ！　ゴーレム⁉」

アシュリーが気付いた直後、鳥型ゴーレムは足に掴んでいた筒状の物を窓に投げ入れ飛び去る。

近づいてそれを拾い上げると、手紙だ。

「一体なにが……。『わたくしローズ・クリストフはアシュリー・ロートレッジに決闘を申し込みますわ』、ですって？　ローズからの果たし状⁉」

手紙の内容を目にしたアシュリーは、逃れようのない戦いを前に手を震わせていた。

ライバルお嬢様との決闘

俺がなんとか屋敷にたどり着いてから一夜が明けた。

トラン村に潜入して、ローズにバレて尋問され、それからここまで歩いてきて、もうクタクタだ。

とは言え一晩でそれなりに回復したので、身支度を整えてアシュリー様の元へ向かう。

執務室の中に入ると、そこではアシュリー様とサマラさんが難しい顔をして向かい合っていた。

「おはようございます」

ひとまず声を掛けると、彼女たちはこっちを向いて笑みを浮かべる。

「おはようダイチ、体のほうはもう大丈夫かしら？」

「あまり無理はなさらないでくださいね。疲労した状態でここまで歩いてきて、体に疲れが溜まっているでしょうし」

そう言ってくれるのはとてもありがたいけれど、休んでもいられない。

「大丈夫です。それよりトラン村のことですが、どうするおつもりですか？」

まだ実行に移していないとはいえ、伯爵領からの離脱など立派な裏切り行為だ。

それを行おうとしている村長や、計画したローズは許しておけない。

「その件についてだけれど、これを見てちょうだい」

「これは、手紙ですか？　しかもこの内容……決闘ですって⁉　トラン村の領有を決闘で決めるなんて……」

内容を見て驚くと、アシュリー様が意外そうな顔をする。

「あら、この国の決闘制度について知っているの？」

「ええ、書斎の利用許可をいただいているので、暇があれば入り浸っていますから」

この国で決闘は公式に定められた仲裁措置の一つで、主に貴族同士の間で行われる。

特に、問題を抱えているが裁判ごとにしたくない人間同士が、代理人を争わせ勝敗により解決を図るものだ。

正直どうかと思う制度だけど、古い貴族の間では伝統ある制度だとして尊重されているらしい。

読んだ資料によれば、アシュリー様の祖父も婚姻を巡って決闘したことがあったとか。

「けど、いやらしい手を使うわねローズは。まさか私に決闘を申し込むなんて……」

「ロートレッジ伯爵家は王国でも有数の古い貴族。それが新興の成り上がり貴族から決闘を挑まれ、もし断ったとなれば名誉に傷がついてしまいますね。歴史ある家であるが故の不自由……すみません、出過ぎた発言でした」

サマラさんが頭を下げると、アシュリー様は首を横に振る。

「いいえ、構わないわ。堂々と決闘を申し込まれて断ったとなれば、他の古参貴族から舐められるのは事実よ。事と次第によっては侯爵様たちから得ている支援が少なくなるかもしれないわ」

「貴族にとって、面子って大切な問題なんですね……」

現代日本で一般人として生きていた自分からすれば全然想像できない状態だ。

しかし、ここで決闘を受けて勝たなければアシュリー様が悪い状況に陥ってしまうのは事実。

決闘を受けた上で、なんとか勝利するしかない。

「しかし、今の伯爵家には決闘に耐えうるような騎士は……」

「優秀な騎士はお父様といっしょに戦い果てたか、魔獣の殲滅戦で死傷してしまったものね。残っている騎士も、領軍の立て直しや各地への派遣で出払ってしまっているわ」

いくらアシュリー様が魔法を使えるからといって、屋敷にひとりも騎士がいないこの状況が異常なのだ。伯爵ともなれば何人もの騎士を護衛に置いているのが普通だった。

「恐らくローズはゴーレムを出してくるでしょう。術者が直接操作しない自立式のゴーレムは決闘の代理人として認められているの」

「あれが相手ですか……」

トラン村で出会った偉容を思い出し、少し身震いしてしまう。

「屋敷にいる衛兵程度では相手にならないでしょう。熟練の騎士か、あるいは魔法使いでもないと……」

そのとき、俺の脳裏に一つのアイデアが閃いた。

「アシュリー様、決闘の代理人ですが、俺にやらせてください！」

「……え？　ダイチ、あなた自分が何を言っているか分かっているの？」

一瞬呆然とした表情になって、それから怪訝そうに問いかけてくる。

「はい。アシュリー様と主従関係を結んだ俺は魔法を使えるようになるんですよね？　だったらやらせてください。ローズには借りがありますし、アシュリー様の従者として役に立ちたいんです！」

体を乗り出してそう訴えると、彼女も本気なのを分かってくれたのか真剣な表情になる。

「決闘は危険よ。意図的な殺害は禁止されているけれど、攻撃の当たりどころが悪ければ普通に死んでしまうわ。それでも？」

「はい！」

迷うことなく答えると、彼女は小さくため息をついて頷いた。

「分かったわ。ダイチを決闘の代理人に指名し、魔法の訓練を始めます」

「お嬢様！　危険です、考え直してください。代理人なら専門の代行者を雇えば……」

「資金は出来る限り復興に回さなければならないわ。これはあくまで貴族同士の戦い。市民にしわ寄せが行ってはいけないのよ」

「……かしこまりました」

　アシュリー様がそう決定したのなら、とサマラさんも引き下がる。

　そして、彼女は席から立ち上がると俺の前までやってきた。

「ダイチ、いくら主従で力の受け渡しができるからといって、魔法の習得は簡単ではないわ。それを戦いに使えるようにするとなると、さらに大変よ。決闘までそれほど日にちがないから、厳しく指導していくわ」

「望むところです。必ず期待に答えてみせます」

　今まで俺は無力だったけれど、これで力を手に入れられる。

　そして、その力でローズに借りを返し、伯爵家を守って拾われた恩を返す。

　そう考えると強い使命感が湧いてきて、戦うことへの恐怖心が薄れていくのを感じた。

「いい顔ね、引き締まったいるわ。これなら上手くいくかもしれない。さあ、さっそく今日から特訓を始めましょう！」

「了解です。やってやりますよ！」

こうして、俺の魔法習得特訓は始まるのだった。

それからは急ピッチで魔法の特訓が行われたけれど、今のところ想像以上に上手くいっている。

まず基本的な攻撃用の炎魔法の火球を、たった十日ほどで習得してしまった。

炎系魔法に適正のあるアシュリー様でさえ習得に一ヶ月かかったものを、半分以下の時間でだ。

これには俺も彼女も、いっしょになって喜んでいた。

「どうしてここまで上手くいったのかしら？　それに、火力も強そうだわ」

「少し考えたんですけど、魔力っていうのは感覚として液体っぽいんです。アシュリー様がこの特訓中に何度も、魔力を『第二の血液』と仰いましたよね？　強い炎を作るには液体より気体のほうがいいですから、どうにか変換できないかと意識してみたんです。そこで、魔力を蒸発させられないかと考えて……」

「ふむ、ダイチの言っていることは分かるけれど、よくそんなアイデアが出てくるわね」

このあたりは現代知識を持っている利点だった。

固形物や液体を燃やすより、気体を燃やしたほうが火の勢いは強い。

ただし、この方法には弱点もある。

「一つ問題なのは、火力は強くても持続性が低いことね。手元で発生させるなら問題ないけれど、投擲したりするとすぐ燃え尽きてしまうわ」

「そこは使い分ければいいと思いますが、まだそこまで器用にできる自信がないですね……」

決闘の予定日は約半月後。様々な魔法を覚えていく時間はなく、取捨選択しなければならない。

それに加えて、魔法だけでなくゴーレム相手の立ち回りも練習しなければならないため、本当に忙しかった。

「午前中の練習はこれくらいにして、午後は私の作ったゴーレムと立ち会いをしてみましょう。ローズのものには数段劣るでしょうけれど、練習にはなると思うの。ダイチが魔力を供給してくれるおかげで、私も使える魔法が増えたのよ？」

そう話すアシュリー様の表情は本当に嬉しそうで、苦労が拭われる気持ちになる。

「ええ、頑張ります！」

魔法の練習、ゴーレムとの立ち会い、そして体を休めるついでに書類仕事も手伝う。

なかなかのハードワークだけれど、アシュリー様やサマラさんは弱音一つ漏らさずこなしているので、俺も負けてはいられない。

半月経てば一息つけるので、それまで頑張るしかない。

昼の休憩を挟んでゴーレムとの模擬戦をしていると、アシュリー様が様子を見に来た。

ゴーレムは自立式なので、彼女がいなくとも大丈夫なはずだけど……。

「ふぅ、待機だゴーレム……どうかされましたか？」

合図を送ってゴーレムの動きを止めると、彼女のほうへ向き直る。

「いえ、上手くできてるか気になっただけよ。でも、心配無用なようね」

俺は手に刃引きしてある短剣を持っていて、ゴーレムの表面にいくつか引っ掻き傷がある。

とはいえ、俺の体にも打撲の跡があるので互角の状況だ。

ローズのゴーレムと戦うには、まだ不安を感じてしまう。

「でも、このゴーレム相手でもヒイヒイ言いながら相手をしている状態ですよ。短剣もなんとか扱えるようになってきましたけど、防御で精一杯ですし……」

普通の騎士さんなら、このくらいのゴーレムはひとりで余裕をもって対処できるらしい。

悔しいけれど、決闘までにそのレベルまで達するのは無理そうだ。

「何を深刻そうな顔をしているの？」

「い、いえ。そんなことは……痛っ!?」

アシュリー様が不意に俺の肩に手をのばす。運悪く、そこがさっきゴーレムに打たれた場所だった。

「えっ、そんなに酷い怪我をしているの？　ちょっと見せてみなさい」

「大丈夫です、ちょっとした打撲なので！」

「いいから、肩を出しなさい」

静かに、しかし有無を言わせぬ言葉でそう言われて大人しく従うことに。

シャツを脱いで肩を出すと、思ったよりも腫れてしまっていた。

「この状態では練習の続行は無理ね。サマラに薬を出してもらって今日は休みなさい。私でも、回復魔法は使えないし……」

どうやら魔法の中でも回復魔法は適性がなければまったく使えず、使い手は貴重らしい。

「決闘まであまり日がないのに、すみません。ご迷惑おかけします」

俺はガックリして頭を下げたけれど、彼女はすぐ頭を支えて顔を上げさせてきた。

「そう落ち込むのはやめなさい。……そうね、今日はお風呂を貸し切りにしておくから、そこでゆっくり休むといいわ。たまには休息も必要よ」

アシュリー様はそう言って笑みを浮かべると立ち去る。

「……そんなこと言われたら、余計に頑張らなきゃってなるよなぁ」

とはいえ、このまま練習を続けたら間違いなく怒られてしまう。

片手は使えるので部屋でこっそり魔法の練習でもしようと思い、まずは薬をもらいにサマラさんの元へ向かうのだった。


　その日の夜、俺は屋敷の大きな湯船を独り占めにして浸かっていた。

「あー、いい気分だなぁ。やっぱり風呂は最高だ！」

　幸いにもこの世界ではお風呂に入る習慣があり、数日に一度だがこうして湯船に浸かることが出来る。

　前までは燃料の節約で一週間に一度程度だったが、今では主従の契約でアシュリー様の魔力が多くなり、魔法でお湯を沸かせるようになったので頻度が上がっていた。

　それでも湯船一杯にお湯を溜めるのは大変に違いないので、今日は本当にありがたい。

「サマラさんにもらった薬のおかげで肩の腫れも引いてきたし、明日からまた頑張らないとなぁ」

　湯船の中で脱力しながらそんなことを考えていると、唐突に脱衣所と繋がる扉が開いた。

「うおっ、なん……だぁっ⁉」

　咄嗟に振り返り、そこにあったものを見て目を丸くしてしまう。

「ふぅ、やっぱり風呂場は開放感があるわね」

「ダイチさん、わたしもお邪魔しますね」

アシュリー様とサマラさんのふたり。それもタオル一枚身につけただけの姿だ。

「ど、どうしておふたりがここに？」

「日々努力している家臣に褒美を与えるのは主人の勤めよ。それに、やっぱりひとりで入るのはもったいないと思って……」

「わたしも毎日頑張っているダイチさんのお世話がしたくて、ついて来てしまいました」

少しだけ恥ずかしそうに顔を赤くしているアシュリー様と、それを見て苦笑しているサマラさん。

彼女たちはそのまま湯船までやってくると、タオルを脱いで中に入る。

「……うわぁ」

一糸纏わぬ姿の美女がふたり、俺を挟むように体を寄せてきた。

肌のスベスベ感や柔らかさ、そして湯船に浸かっていてもなお分かるその体温。否応無く心臓が高鳴っていく。

「そ、その恥ずかしそうな顔はやめなさい。こっちまで恥ずかしくなってしまうわ！」

「すみませんっ！　でも、どうしても緊張しちゃうというか……」

「あら、おふたりはもうセックスしているんでしょう？　マンネリになってもいいというわけではありませんが、もう少しリラックスしてもいいと思いますよ」

経験豊富で頼りになる侍女は、そう言うと自然に俺の腕へ胸を押しつけてくる。

「サマラさんは逆にリラックスしすぎですよ……うっ」

アシュリー様やローズの胸も大きいけれど、この人のものはやっぱり別格だ。

ちょっと押しつけられただけで、グニュッと形を変えて密着してくる。たまらない気持ちよさだ。

「……ダイチ、サマラのほうばかり夢中になっているのはどうなのかしら？　ここに主人がいるのに」

「うわっ！　あ、アシュリー様、近いですっ！」

サマラさんに対抗心を感じたのか、アシュリー様がグイグイ体を押しつけてくる。

相変わらず少し頬を赤くしているが動きに迷いはなく、かなり積極的だ。

「こっちもすごい……おぉ、うっ……」

左右から柔らかい肢体を押しつけられて、もうこれだけで天にも昇る至福だ。

「なんで急にこんなことを……」

「そうね……頑張っているダイチを見たら助けになってあげたくなったのよ」

「アシュリー様が、俺を？」

普通は従者が主人を助けるものだろうと思ったが、彼女も同じことを考えたらしく笑みを浮かべた。

「確かにちょっとおかしいわね。でも、もうダイチは私の大切な従者なんだもの。そう思っても不思議じゃないでしょう？」

「アシュリー様……んぐっ」

彼女はさらに顔を寄せてきて、そのまま唇を奪われる。

「んっ、ちゅううっ、はむぅっ」

唇を押しつけ、吸い、少しずつ舌を絡ませていく。

息を荒げて唾液を交換し、より深くつながるごとに興奮していくのが分かった。

目を開くを至近距離にアシュリー様の顔があった、その目には情欲が宿っているのが見える。

「アシュリー様にそんなふうに思ってもらえてたなんて……俺、嬉しいです」

異世界にやってきて、貰った能力も全然使えなくて、のたれ死にそうになったところをサマラさんに拾われ、アシュリー様に助けられた。

ふたりにはどれだけ感謝しても足りないし、だから出来ることは全部やろうと思っている。

それでも、相手からもそんな風に思ってもらっていると考えると、心が幸せな気持ちで溢れそうになった。

「ふふ、おふたりとも大胆になってきましたね。では、そろそろわたしも……」

「う、ぐっ⁉　さ、サマラさんっ！　そこはっ……」

反対側にいた彼女は股間に手をのばし、肉棒を握りしめた。

「まあ、もうこんなに硬くなってるなんて……」

「んちゅ、んはっ……わたしたちの体でそれだけ興奮したの？」

「……は、はい」

アシュリー様にまで問いつめられ、頷くしかなくなる。

「ならいいわ。ローズに酷いことされた分、わたしが癒して埋め合わせてあげないと」

直後、彼女はまた俺に唇を押しつけてきた。

「アシュリー様ったら、もう離さないつもりでしょうか？　ふふ、微笑ましいですね」

サマラさんはその様子を見て穏やかな笑みを浮かべながら、湯船の中では俺の肉棒を扱いていた。

俺が経験した中では断トツと言っていいテクニックで、思わず腰が浮いてしまいそうになる。

「すごい、もうビクビクって……。このままではお湯を汚してしまいそうですね、湯船の縁に腰掛けていただけますか？」

「は、はい」

サマラさんに促され、なんとか体を持ち上げる。

その間もアシュリー様はくっついたままで、不自由だったけど心は幸せだった。

そして、腰を下ろすなり今度は彼女が肉棒を掴んでくる。

「すごくガチガチだわ。サマラの手コキがそんなに気持ちよかったのかしら？」

少しだけ嫉妬の見える瞳で見つめられると、背筋がゾクゾクしてしまいそうだ。

「それもありますけど、アシュリー様とのキスだって凄く興奮しました！　それに、ふたりとも遠慮なく体を押しつけてくるし……」

こっちが体を動かさなくても全身気持ちよくなってしまう。まさに天国だ。

「そ、そんなによかったの？　それなら、まあ……」

アシュリー様は一瞬照れた表情になったけれど、すぐ咳払いして元に戻る。

「んっ……今日は特別に私が奉仕してあげる。ご褒美だから、存分に楽しんでいいわよ？」

「お嬢様といっしょに殿方へご奉仕することになるとは思いませんでしたが、わたしも最後まで精一杯務めさせていただきますね」

アシュリー様もサマラさんも、そう言うと再び体を押しつけてくる。

横になった俺の体に、湯船で温められた彼女たちの体温が伝わって、お湯に浸かっているときより生々しく感じた。

「ほんとにいいんですか？　俺、召使いなのにこんな……」

戸惑う俺に対し、ふたりはそのまま奉仕を始めた。

いっしょに肉棒へ手をのばし、左右から手のひらを当てて上下に扱く。

「気にしなくていいのよ。伯爵家の為に頑張ってくれているんだから、次期当主の私がそれに報いるのは当然だもの」

「そんなこと言って、実はアシュリー様も結構楽しんでいませんか？ もう自然と手も動いていますよ」

「サ、サマラ！ 余計なことは言わなくていいの！」

「ふふっ、はいはい。では、わたしはお口でご奉仕させていただきますね」

「えっ？ うっ、ぐぅっ！」

サマラさんが俺の胸元に顔を動かしたかと思うと、乳首を舐め始めた。

こそばゆい感覚だけれど、サマラさんにこんな奉仕をさせているのを見るだけで興奮が強くなる。

「あむっ、ちゅうっ！ はぅ、んんっ……」

「気持ち良くなってくれないと私のほうが主人失格になるんだから、遠慮しないで。イキたくなったら我慢しなくてもいいんだからね？」

「ちゅむ……はい、今夜はわたしたちの体は全てダイチ様のもの。存分に楽しんでください♪」

ぎゅう、ぎゅう、とタイミングを合わせてふたりが体を押しつけてくる。

「う、おぁっ……これ、マジで最高ですっ！」

女体に包まれている感覚が男としての本能をこれ以上なく満足させて、呆然としてしまった。

まさか召使いの身分でこんな極上の３Ｐご奉仕を堪能できるなんて、誰が想像できるだろう？

彼女たちに触れている部分から体がどんどん溶け出していくかのようだ。

このまま全身を任せて奉仕されるのもいいけれど、少しは自分で動きたい。

そんな欲望が湧き出てきて、気付けば両手がサマラさんとアシュリー様のお尻に回っていた。

肥え過ぎず痩せ過ぎずで、絶妙な肉付きの尻肉へ指が吸いついて離れなくなってしまう。

「ダイチさんったら、わたしたちのご奉仕だけじゃ満足できませんか？」

「んぐっ、いやらしい手つき……でも、なんだか体が熱くなってしまうわ……」

サマラさんはそのまま受け入れ、アシュリー様もむず痒そうにしながらも好きにさせてくれる。

ふたりの尻肉を鷲掴みにしながら奉仕を受けて、いよいよ限界が近づいてきた。

「お、俺、もうっ……！」

吐き出すように言うと、奉仕していたふたりが視線を合わせる。

「じゃあ、最後は私がイカせてあげるわ！」

「私はサポートに回りますね。さあダイチさん、お嬢様のお口を堪能してくださいませ♪」

アシュリー様の体が離れ、軽く足を開いた俺の前に跪く。

立場が逆転したような位置関係に不敬にも背徳感を得てしまった。

「もう限界みたい。一気に……はぁむっ！」

彼女は一息に肉棒を咥え込むと、遠慮なく舌を動かしてフェラチオを始めた。

「うっ、ぐうぅぅっ！　はぁっ、アシュリー様のフェラ、すごいですっ！」

腰がドロドロに蕩けるような快感で、まともに言葉も出なくなってしまう。

「ほら、ダイチさん、わたしの体も楽しんでくださいませ？」

「さ、サマラさんまで……うわっ、おっぱいがッ……！」

お尻に回していた手を掴まれ、そのまま胸に連れていかれてしまう。

お湯で温まった爆乳はこれまた気持ちよくて、本能のまま揉みしだいてしまった。

「あんっ！　そんなに滅茶苦茶に揉んで、気持ちいいですか？　最後まで手を放さないでくださいね」

言われなくても放すつもりなんて毛頭ない。それに、フェラが始まってから何分も経ってないけれど、もう限界だ。

「もう無理です、出ますっ！　あ、アシュリー様っ！　そのままだと……うぅっ⁉」

「んちゅ、じゅるるっ！　あむ、ちゅ、ぢゅるっ……いいの、このまま出しなさい。ダイチのザーメン、たくさん飲ませて？」

　頬を染めながら上目遣いでそんなことを言われ、我慢出来るはずがない。

　欲望がはち切れて、たっぷりの白濁液が彼女の口内にまき散らされる。

「アシュリー様ぁっ！」

「んっ、んぐぅっ⁉　あふっ、すごっ……んん、ごくっ……！」

　激しい射精を浴びながらも彼女は肉棒から口を離さず、それどころか精液が吐き出されたそばから飲み干していく。

「ごくっ、んぐっ……はっ、んううぅうっ……んふうぅ……」

「はぁ、はぁっ、ふぅぅ……」

　射精が終わるころには俺も脱力して、大きなため息を吐く。

「まあ、すごい射精ですね……アシュリー様の口に収まらないかもしれませんよ？」

　そういえば射精するときもその後も、ずっとサマラさんの胸を掴んだままだった。

　思わず力んで強く揉んでしまったときも彼女はそのまま受け入れ、俺の絶頂を邪魔しないよう配慮してくれたらしい。

「す、すみません。俺……むぐっ」

「遠慮も謝罪もいりませんからね？　今日はダイチさんの気持ち良さが第一ですから」

　謝ろうとすると、頭を胸に抱きかかえられてしまう。

顔面一杯に柔らかい感触が広がって、もう何も考えられなかった。

十数秒後、ようやく解放された俺をアシュリー様が見つめてくる。

普段生真面目な表情を浮かべるその顔は、どことなく満足そうな笑みを浮かべていた。

「ふぅ……口の中から胃までダイチの精液で一杯。しばらく貴方とサマラ以外には話しかけられなさそうよ」

「は、はは……俺最高に気持ちよかったです。夢でも見ているのかと……」

ご主人様と先輩メイドさんにご奉仕されて、天に昇ったかのような気分だ。今なら何だって出来る気がする。

ただ、アシュリー様は笑みを浮かべたまま、また俺に体を寄せてくる。

「ダイチ、まさかこれで終わりのつもりかしら？　私はまだ出来るわよ」

「ええ、せっかくこれだけお湯を沸かしたんですから、何度も温まりながらエッチできますよね♪」

さらに反対側からサマラさんに迫られて、俺は逃げ場がない。

「あははぁ……明日から特訓再開できるかな……」

結局、この夜はたっぷりのお湯が温くなるまでふたりにご奉仕をしてもらったのだった。

それからさらに特訓の日々は続き、ついに決闘当日がやってきた。

俺はアシュリー様たちと馬車に乗り、指定されたトラン村の外れにある荒地に向かう。

「いよいよか……」

「ダイチ、準備はいいわね？」

「はい。今日まで出来ることは全てやってきましたから」

正面に座るアシュリー様に問いかけられ、力強く頷く。

魔法の練習も、立ち回りの練習も、出来る限り体に覚え込ませた。

魔法を指導してくれたアシュリー様はもちろん、仕事の合間に短剣や体さばきを教えてくれた衛兵さんたちや、精のつく料理を振る舞ってくれた料理人さん。他にも屋敷の様々な人が決闘のために協力してくた。

ここまでしてもらって負けたら顔向けできない。

「ダイチ、緊張する気持ちも分かるけれど、出来るだけリラックスよ。相手はゴーレムなんだから、奇抜な戦法は使ってこないはずだわ」

「は、はい。そうですよね、落ち着いて対処します」

術者の操作するゴーレムならともかく、今回の相手は自立式だ。

アシュリー様によると自立式はあらかじめ攻撃方法などが決められている場合が多いので、それを見切れば簡単に対処できるという。

ただ、ローズはゴーレム作りの天才だ。予想も出来ない機能を搭載しているやもしれず、油断できない。

「アシュリー様、ダイチさん。そろそろ到着いたします」

御者台で馬車を操っているサマラさんから声をかけられた。

数分後、馬車がトラン村近くの荒地に停車する。すでにローズは到着しているようで、開けたスペースの向こう側に馬車が見える。

こちらが馬車を降りると、それに合わせて向こうからもローズが出てきた。

サマラさんは馬車で待機して、アシュリー様と俺だけで歩み寄る。

向こうはローズひとりだが、ゴーレムはどこにあるのだろうか？

「ふん、逃げずにやってきましたわね？　そこは褒めて差し上げますわ。でも、まさかその男が代理人ですの？　もしこれが一番マシな人材だというのなら、伯爵家の人材はいよいよ危ないということでしょうか。オホホホホッ！」

「いきなり罵倒から入るなんて、やはり成り上がりは品がないわね」

最初から辛辣な言葉を食らっても、アシュリー様の表情に変化はないように見える。

とはいえ、内心ではどう思っているか……。俺は騎士どころか衛士ですらない素人なんだ。

それでもここまで来た以上はやるしかないし、やるからには必ず勝つという意気込みで臨まなければ。

　ローズには無理やり搾精されてしまった恨みもある。仮は必ず返す。

「貴女は私の決闘代理人を馬鹿にしているけれど、そちらの代理人はどうしたのかしら？　ご自慢のミスリル合金ゴーレムはいないようだけれど……」

「ふん、あなたたち如きにアレを出すまでもないですわ。代理人のゴーレムは別に用意します」

　こちらを見下しながら言うローズだが、例のゴーレムについては、決闘には出て来ないのではないかという考えをアシュリー様より伝えられていた。

　以前見たとき、ミスリル合金のゴーレムはローズ自身による操作式だったという。操作式と自立式は容易に切り替えられないため、決闘には別のゴーレムを使うのではないかという予想だ。

　ミスリル合金は魔法に高い耐性を持つため、これを出されたら完全に勝ち目が消えてしまう。

　どうやらアシュリー様の予想は当たっていたようで、内心胸を撫で下ろしていた。

「けど、その別のゴーレムも姿が見えないようだけれど……」

「ふん！　今から見せてあげますわ、恐れ戦きなさい！」

　ローズは数歩後ずさりすると、両手を高らかに掲げた。

「出よ大地の化身、岩の剣闘士！　クリエイトゴーレム！」

彼女は目を見開き、魔力を込めた両手を地面へ向けた。

次の瞬間、俺たちと彼女の間にあった地面が揺れ、ボコボコと盛り上がる。

「あうっ、きゃっ！」

「アシュリー様！　だ、大丈夫ですか！」

慣れない地面の揺れに驚き、倒れそうになってしまった彼女を支える。

その間にも、地面を突き破るように岩石で出来た腕が出現し、そこから頭、体、と人型が徐々に現れてくる。

数分も経たないうちに全身が地上に出てきて、二メートル以上ある岩のゴーレムが俺を見下ろしていた。

その姿は巨大な岩石を成形し、人型のパーツを作って繋げたようなイメージだ。

「これは……！」

右手に持つ石剣は、刀身だけで小柄な女性の身長ほどもあり、人間どころか馬車だって軽々両断できそうだ。

頭にあたる部分には赤く怪しい光を放つ水晶が埋め込まれていて、こちらを見下ろしているように感じる。

大きさだけならミスリル合金のゴーレムより上で、その威圧感に思わず足がすくんでしまった。

「こ、こんなものを相手に……できるのか？」

俺の手にあるのはちっぽけな短剣が一本で、碌な防具も身につけていない。

石剣じゃなくとも、拳や蹴りの一撃を食らっただけで体がめちゃくちゃになりそうだ。

だがそんなとき、俺の手をアシュリー様が握りしめてきた。

「大丈夫、貴方の魔法は必ず効くわ。私の従者として自信を持って、あのゴーレムを倒してきなさい！」

「……はい、分かりました！」

力強く励まされ、へこたれていられないと気持ちが上を向く。

手を放し、大きなゴーレムと向き合って足を前に進めた。

主従の契約の効果が効いているのか、いつもより体が軽く感じる。これならいけるかもしれない。

「ふん、わたくしのストーンゴーレムを見てまだ戦意を失わないなんて……一応褒めて差し上げますわ。でも、戦いにはならないでしょうねぇ」

一方のローズは余裕の表情を崩さなかった。

傍から見れば完全に大人と子供の戦いなので無理もないけれど、だからこそ負けてやるわけにはいけない。

アシュリー様の、伯爵家の、そして俺のプライドがかかった戦いだ。必ず勝ちをたぐり寄せてみせる。

右手に持った短剣を構えると、ローズが口元を歪ませ笑みを浮かべた。

「いつでも始めてよろしいですわよ？　ゴーレム、自立戦闘用意。攻撃を食らい次第反撃を開始なさい！」

「最初はこっちに譲ってくれるってことか……。ありがたいけど、あんまり舐めてると痛い目をみるぜ」

俺は落ち着いて息を吐くと、ゴーレムを観察する。まず、彼我の距離は約二十メートル。見た目は茶色い岩の塊で無骨だけれど、地面から這い出てきたときの動きは滑らかだった。

最初の一撃で出来るだけダメージを与えるには、どこを狙えばいいか……。

「頭は……流石に向こうも予想しているだろう。胴体は装甲が厚いに違いない。ならば！」

前方に走り出しながら、短剣を持っていない左手に魔力を溜める。

ゴーレムは動かない。ローズの命令どおり一撃受けるまで待機しているようだ。

舐められているのは悔しいけれど、好都合。この一撃で痛い目を見せてやる！

「魔力を気体にして、一瞬で燃え上がらせる。食らえ、ファイアボール・インパクト！」

ゴーレムの右ひざに狙いを定め、手の中で生み出した火球を叩きつける。

直撃の瞬間に追加で魔力を流し込み、より強力な火を生み出した。これなら！

激しい爆発が起き、土煙が上がる。それと同時にゴーレムの巨体がグラリと揺れた。

「くっ！」

衝撃で自分の体も吹き飛ばされそうになり、咄嗟に体勢を整えようとする。

しかし次の瞬間、左側から急速に迫る影を見つけて体を地面に投げ出した。

その直後、さっきまで俺の体があった場所を石剣がなぎ払う。

「コイツ、動けるのか！　くそっ！」

わざわざ石剣を持っている右側の膝を攻撃したのに、すぐ反撃が来たということは破壊しきれなかったということだ。

起き上がった俺はすぐさま後ろに下がり、様子を見る。

すると、土煙の中からゆっくりとゴーレムが現れた。

「オホホッ、せっかくの最初の一撃で、わたくしのゴーレムを傷つけられなかったようですわね。さあ、これからどうしますの？」

悠然とたたずむ自らのゴーレムを見て、ローズが高笑いを浮かべる。

俺は思わず唇を噛み締めてしまった。

そのとき、背後からアシュリー様が声をかけてくる。

「ダイチ！　相手をよく見なさい、まだ戦えるわ！」

歪んで見える。

「なんですって？　むっ、あれは……」

俺の攻撃したゴーレムの右ひざ部分、そこが黒く変色していたのだ。しかも岩の部分が歪んで見える。

「高温で熱せられた岩が歪んで、そのまま冷えて固まったのか？」

なら、関節には相当な負荷がかかっているはず。素早くは動けまい。

現に、ゴーレムは先ほどとは比べものにならない、ゆっくりとした動きでこちらに迫っていた。

「よし、なら攻撃の主導権はこっちにある。一撃離脱で……」

再び左手に魔力を溜め、石剣を持たない左側から回り込むように近づく。

「食らえ！　ファイアボール！」

今度は通常の魔力を使った火球を頭部に向けて発射。ゴーレムは左手を使ってそれを防御した。

防御しなければならないということは、頭部が弱点に違いない。

「ファイアボール！　ファイアボール！　ファイアボール！」

連続して火球を放つ。目標はもちろん頭部だ。

ゴーレムは左手を防御に使用し、こちらへ脇腹を晒している。

右ひざが損傷しているので旋回速度も遅くなっているらしい。

「これなら……うおりゃあ！」

そのまま火球を連射しながら、がら空きの脇腹に突っ込む。

右手に持つ短剣を振りかぶり、腰と太ももの間にある接続部へ打ち込んだ。

「くっ、硬い！　短剣では無理か！」

だが、今度は火球のときのように上手くいかなかった。

僅かに手応えはあったが代わりに短剣の先も欠けてしまい、さらには自由になったゴーレムの左手が俺を払いのけようと迫る。

咄嗟に回避しようとしたが、今度は向こうの動きが速く、脇腹に擦ってしまった。

「ぐおっ⁉　ぐっ、げふっ！」

ゴーレムのパワーは凄まじかった。ちょっと指先が触れただけなのに、地面へ転がされてしまう。

指の触れた脇腹がジンジンと痛い。動きが鈍りそうになるのを必死に堪えて立ち上がった。

「チクショウ、こんなの生身の人間が一対一で立ち向かっていい相手じゃないだろ！」

痛みで悪態をつきながらも、俺は先の欠けた短剣を構える。

そんな俺を見てローズが表情を渋くしていた。

「ただの従者など一分と経たず叩き潰す予定でしたのに……以外と持ちこたえますわね」

「そんなに簡単に、負けてやる訳にはいかないんだよ！」

「ふん、わたくしのテクニックで喘いでいたくせに。強がっても様になりませんわよ？」

「くっ……」

そこをつかれるとこちらも痛い。乱暴な行為だったけれど、気持ちよかったのは事実だ。けれど、そこに対抗するようにアシュリー様が体を乗り出した。

その瞳は、これまで見たことがないくらいの怒りに染まっている。

「平民から成り上がりの貴女のテクニックなんて底が知れてるわ。一度搾精したくらいで調子に乗らないでもらえるかしら？　ダイチの主人には私が一番相応しいのよ！」

「なんですって⁉　古くさい貴族主義に染まった人間より、時代に即した人間であるわたくしのほうが優れているに決まっていますわ！」

ローズがアシュリー様を煽り、アシュリー様が反論して白熱する。

普段冷静な彼女も、従者の俺を引き合いに出されて煽られたからか、怒りで理性を忘れているようだ。

貴族にとって従者は、深い絆を繋いだ己の半身のようなもの。それを貶されれば黙っていられない。

その上、相手が自分の従者に手を出しているとなれば尚更だった。

ただ、彼女たちの言い争いが続いている間も、代理人同士の戦いは続いている。

立ち上がった俺に対して、ゴーレムがゆっくりとだが接近しつつあった。

「このままじゃ埒が明かない。なんとかして打撃を与えないと……」

幸い相手の機動力を奪うことには成功している。

右足は見るからに動かし辛そうだし、左足の動きも若干鈍っているように見えた。

「……よし、狙うのは背後だ。相手に追いつかれないよう動き回りながら、後ろから弱点の頭部を狙う！」

気合いを入れ直した俺は、再びゴーレムへ向けて火球を連射し始める。

「ファイアボール！　ファイアボール！　ファイアボール！」

狙うのは全て頭部だ。初級魔法で威力が低いけれど、その分豊富な魔力を活かせば連射できる。

相手が腕を動かして防御しているうちに走り出して、再び石剣の攻撃範囲外から回り込もうと試みた。

しかし……。

「ふん、甘いですわね！　わたくしのゴーレムはそこまで単純ではありませんわよ‼」

「なにっ⁉　ぐあぁぁぁあぁぁっ！」

ゴーレムが右手に持つ石剣を俺に向けて投擲してきた。

回転しながら飛んできた石剣の柄の部分が俺の右腕を打ち、激痛に短剣を取り落としてしまう。

「あぁっ、ダイチ！」

「ふふっ、わたくしのゴーレムの自立性は、そんじょそこらのゴーレムより数段高度ですわよ。同じ失敗は二度と犯しませんわ！」

悲鳴を上げるアシュリー様を見て高笑いを浮かべるローズ。

ふたりはまたそこから怒鳴り合いを始めたが、もう気にする余裕はなかった。

「ああ、くおぉ……腕がもげるかと思ったぞっ！」

幸い骨折ではなさそうだけれど、この様子だとヒビくらいは入っているかもしれない。

どちらにせよ、もうこの決闘で右手は使い物にならないだろう。短剣もどこかへ吹き飛んでしまった。

石剣の柄が当たったのは幸いだったと思う。刀身の部分だったら腕を叩き斬られていたに違いない。

だが、こうしている間にもゴーレムはゆっくりこちらに向き、近づいてくる。

俺は立ち上がると、こちらを見つめる赤い水晶の目を見返した。

「もう小賢しい動きはさせないってか？」

ローズは高慢でいやらしい性格をしている奴だけど、ゴーレム作りに関しては本当に天才だ。

今の俺には、目の前の岩の塊が歴戦の戦士のように見えてくる。

「いいよ、正面から決着をつけてやる。ありったけの魔法を食らえ！」

しっかり足を踏みしめ左手を前に突き出すと、俺は火球の魔法を連続発動する。

ゴーレムはそれを両腕を体の前に組んで防御しつつ、強引に前進してきた。

「うおおおおっ！　もっと強く、もっと速く！」

左手に込める魔力を強く、魔法の発動を速くしてもっと発射間隔を縮める。

一つのことに集中するとどんどん慣れてきて、やがて機関砲のような猛烈な連射になっていった。

着弾の爆発が絶え間なく続き、その余りの凄まじさにアシュリー様とローズもこちらに視線を向ける。

「な、なによこれは！　あの従者には、こんなに大量の火球を放てる魔力があったというの⁉」

「ダイチ！　やりなさい！　そのままそのゴーレムを倒して‼」

ローズの悲鳴もアシュリー様の声援も、爆発の衝撃で掻き消えてしまう。

けれど、主従の契約を通して体の中から溢れてくる熱いものが、アシュリー様の気持ちを直接伝えてくる。

「やってやる！　このおおおおっ！」

魔力を空にする勢いで、火球を連射していく。

その直後、ついに連続する爆発の衝撃に耐えきれずゴーレムが膝をついた。

「っ！　ここだっ‼」

千載一遇のチャンス。これを逃せば、流石にもう一度あれだけの連射をする魔力はない。

俺は火球を放ちながらも前進し、ゴーレムの膝を足場に飛び上がった。

火球を受け止めすぎて、真っ黒になってしまった石の腕の向こう側に頭が見える、

「これを食らいやがれっ！」

そこへ向け、俺は渾身の火球を放った。

ゴーレムにそれを防御する術はなく、直撃。

その直後、これまでにないほど巨大な爆発が起こった。

「うぐっ！　やった！」

今放った火球は特別製だ。中心部に一瞬で燃える気体系魔力を込め、それを燃え続けやすい液体系魔力で覆う。

着弾した瞬間に外側が崩れ気体系魔力に点火し、一気に燃え上がって爆発した。

二つの魔力を扱うため慎重な魔力操作が必要なので、普通の火球のように連射できないが、その甲斐はあったようだ。

ゴーレムは頭部を炎に包まれながらその場に崩れ落ち、活動を停止する。

「はぁ、はぁ、はぁぁ……やってやったぞ……」

それを見届けた俺も脱力し、その場に倒れ込んだ。

「ダイチ！」

そのすぐ後、バタバタと足音が近づいてくるのが聞こえる。

「だ、大丈夫なの⁉　さっき、ゴーレムに腕を……」

心配そうに顔を覗き込んできたのはアシュリー様だった。

服が汚れるのも気にせず地面に座り込んで、体をあちこち調べている。

「うぅ、痛っ……やっぱり腕が……」

「ああ、酷い。折れていないのが不思議なくらいだわ」

やはり右腕の傷は浅くはないようだ。今も続く鈍痛で顔をしかめてしまう。

それでも、俺はなんとか左腕を使って体を起き上がらせた。

「ダメよ！　今は寝ていなさい」

「いえ、アシュリー様を前にそんな……。それより俺、やりましたよ」

ゴーレムのほうを一瞥するが、相変わらず黒い煙を上げて動かない。

完全に沈黙している。俺の勝ちだ。

「はは、あのゴーレムに勝ちましたよ。自分でも信じられない……」

改めて考えても薄氷の上の勝利だった。

あのゴーレムが魔法に強いミスリル合金で出来ていたら？　もう一本石剣を持っていたら？　石剣が当たった場所が悪かったら？

全力を出し切って、その上幸運も合わさった奇跡の勝利だ。

ゴーレムの自立性があそこまで高いとは完全に予想外だったし、もう少し戦いが長引いただけでも結果が変わっていたかもしれない。

もう一度同じことをやれと言われても絶対に無理だろう。

「……でも、今は勝ちました。これで決闘はアシュリー様の勝利ですね」

そう言うと、アシュリー様も目尻に涙を浮かべて頷いた。

「ええ、そうよ。ダイチが私を勝たせてくれたの。本当にありがとう！」

「えっ？　あうっ……あ、アシュリー様！」

次の瞬間、俺は彼女に正面から抱きしめられてしまった。

戦いで火照った体に、程よい体温が伝わってきて気持ちいい。

けれど、それ以上に俺は驚きと緊張で顔が熱くなってしまう。

「あ、あの……ぐっ⁉　血が巡って痛みがっ！」

「えっ⁉　ご、ごめんなさい！　私ったらつい……」

俺が悲鳴を上げると彼女はパッと離れてしまい、そこからは気恥ずかしさで顔を合わせられなかった。

もう何度もセックスしている仲なのに、こんな触れ合いで羞恥を感じてしまうとか、色々ズレている気がするけれど、ある意味急造チームの俺たちらしいかもしれない。

「おふたりとも、嬉しいのは分かりますがあまり騒ぐとダイチさんの傷に触りますよ」

そこへ満を持してサマラさんがやってきた。

流石手際がいいというか、馬車に載せていた救急箱を携えている。

「応急処置を行いますので、アシュリー様はローズ様とのお話をお願いします」

「ふぅ……ええ、そうね。分かったわ。サマラ、ダイチは任せたわよ」

長年の付き合いである彼女に言われて落ち着いたのか、大きく息を吐くと立ち上がるアシュリー様。

彼女が向かう先にいるローズは、未だにゴーレムの敗北が信じられないのか呆然と立ち尽くしていた。

「……そ、そんなバカな。わたくしのゴーレムが負けたですって？　それもアシュリーですらなく、ぽっと出のその従者風情に⁉」

ゴーレムに相当な自信があったのだろう。

それだけに、敗北した姿を見て錯乱しているらしい。

「違う、こんなことありえませんわ！　そうよ、だって一般人が魔法をあんなに連発できる魔力を持っているはずが……」

「いいえ、これは現実よ。ローズ、貴女のゴーレムは私の従者に負けたの」

「ッ‼」

今まで立ち尽くしていたローズがハッとして振り返り、アシュリー様を睨みつけて。

「アシュリー、あの従者はいったいどういうことなの⁉　あんな魔力、常人じゃないわ！」

「ええ、かもしれないわね。でも、彼は正真正銘ただの人間で私の従者よ。王国の貴族法に照らし合わせれば、彼の身柄は私の責任下にあって、貴女が口を出す資格はないはずでしょう」

「こ、この……また細かいことをグチグチと……！」

ローズの怒りに震える表情を見て、かつてこのふたりが学生時代にどういう関係だったかも透けて見えた。

伯爵家の息女としてプライドを高く保たねばならなかったアシュリーへ、その態度がしゃくに障ったローズが食って掛かっていたのだろう。

ローズのほうが一方的に噛みついているように見えるが、アシュリー様だって相当やり返したに違いない。

伝統と忠義の歴史ある古参貴族か、型破りだが経済力のある新興貴族か、どちらが優れているとか、劣っているとかなんて、決められるものではないし。

「さて、どういう結末になるのやら……」

どっちも実家が影響力のある貴族だから、今までも、間に入って仲裁できる存在もいなかったんだろう。

侯爵家を凌駕する財力を持つ子爵家と、王国初期からの忠臣である伯爵家。それを抑えられる存在など、王家に連なる血を持つ貴族ぐらいしか思いつかない。

今回、当事者同士で決着がついたことは王国に取って良いことかもしれないな。

「何はともあれ、今回の決闘は私の勝ちよ。大人しく負けを認めなさい」

「くっ……！」

ギリッと唇を噛み締め、これ以上ないほど悔しそうな顔をしているローズ。

俺も彼女に痛い目を見せられたひとりとして胸がスカッとする。

けれど、問題はこれからどうなるかだ。

「まず、子爵家にはトラン村から手を引いてもらうわ。もちろん、これまで村に融資した資材の代金などは払いません」

「……いいわ」

決闘に勝ったほうが村の領有権を持つ。それに従った決定だ。

ただ、アシュリー様としてはこれだけでは済ませられないだろう。

「次に、決まり事を破って他領の村へ干渉した賠償ね。これはどう取ってもらおうかしら……」

「どうとでもすればいいですわ。けど、計画から実行まで全てわたくしの指揮の下で行ったので、こちらも実家へ責任が及ぶことは許しません」

静かに見つめるアシュリー様に対して、ローズもキッと鋭くした視線で見つめ返す。

それでもどんな賠償を言い渡されるのか不安らしく、彼女の握りしめた手が震えていた。

今までのふたりの関係からすれば生温いもののはずがない。

「ローズ、貴女には今まで散々な目に遭わされたわね」

「ふん、元々あなたの鼻につく態度が気に入らなかったんですわ。魔獣災害で領地がボロボロになってそのまま没落するかと思っていましたのに、しぶとく生き残っているんですもの。弱った獲物は徹底的に潰すのが商人のやり方ですわよ」

ここに来て強気に言い返すローズは、若干ヤケクソな雰囲気もある。

それを分かっているのか、アシュリー様な落ち着いた様子で淡々と言葉を続けた。

「子爵家には責任を問わせないということですから、貴女には我が領の復興に手を貸して貰います。個人的にもかなりの資産を持っているんでしょう？　学園時代から色々と事業を成功させているという噂は耳にしたわ」

「このわたくしに慈善事業をしろと？　民のことをよく考える、優しい領主ですわね」

確かに利益を最重視する商人にとっては、金にならないことをするのは御免だろう。

ただ、それでも被害を受けるのはローズの資金だけで、彼女本人が恥ずかしめを受けるわけではない。

ローズのことを良く思っていないアシュリー様からすると、手ぬるいとさえ言える。

そう思っていると、彼女はさらにもう一つ条件を追加した。

「まずトラン村とその周囲の街や村を復興させ、それが成った後なら、貴女の目的だった染料の原料を輸出する許可も出すわ。村にクリストフ商会の支店を出すのが適当かしら」

「……わたくしに、領内での商売を許すのですか⁉」

流石にここまでは予想していなかったのか、目を丸くして驚くローズ。

俺もサマラさんも同様で、アシュリー様のほうを思わず見つめてしまう。

「決闘に勝っても、その後に後世まで残る確執が生まれるのは避けなければならないわ。それなら、相手に利益を与えつつ領内が発展していくように誘導するのが最善。今はまだ原料の輸出くらいしか出来ないでしょうけれど、いずれ領内で加工できるようになれば、それは一つの産業になるわ」

「わたくしを取り込んで、そこまで……」

これはいかに優秀でも、商人として動いていたローズには出来ない発想だろう。

領地を富ませる統治者としての立場であればこそ、考えつくものだった。

「わたくしには、そこまで考えが及びませんでしたわ……」

ローズは、学園にいたころより成長したアシュリー様を見て、決定的な敗北を感じているようだった。

そうしてうなだれる彼女へ、アシュリー様は最後にもう一度声をかける。

「そして、ここまでは伯爵代理としての要求よ」

「……？」

「私個人としてはいくらでも言いたいことがあるわ。でも、そうね……一つだけ言うことを聞いてくれたら許してあげる」

「そ、それは……？」

緊張した表情のローズへ、アシュリー様はニヤリと笑みを浮かべながら宣告するのだった。

その日の夜、場所はロートレッジ伯爵家の屋敷の寝室。

そのベッドの上で、俺はローズを押し倒していた。

「うっ……ど、どうしてこうなるのよ⁉」

押し倒され、顔を真っ赤にしながら睨みつけてくるローズ。

恐ろしいゴーレムを生み出す魔法使いだけれど、こうして見ると年相応に、か弱い少女でしかない。

「どうしてって、当たり前でしょう？　借りはキッチリと返さないと、他の貴族にも舐められてしまうわ」

そう言って反論するのは、ベッドの脇にある椅子へ腰掛けているアシュリー様。

彼女がローズへ宣告したのは、『自分の目の前で従者の俺に犯される』というものだった。

自分の見ていないところで、俺に手を出したのが許せなかったんだろう。

主従契約を結んだ相手に手を出されるというのは、彼女のプライドを著しく傷つけたらしい。

「ふふ、もちろん避妊なんてさせないわ。せいぜい身ごもらないよう祈りなさい」

「こ、この鬼令嬢！　悪魔伯爵！　なんでこのわたくしが、従者なんかの……あうっ！」

俺は怒りの言葉を吐き出すローズを黙らせるため、片手で胸を激しく揉んだ。

とても、柔らかい。

いきなりの強い刺激で体をビクッと震わせた彼女は、驚いた様子でこっちを見る。

「あなた、何しているか分かっているの？　貴族のわたくしに……」

「今の俺には相手が誰だろうが関係ないさ。アシュリー様の命令なら、お姫様だって犯してみせるぞ」

「なっ⁉」

俺の言葉が予想外だったのか、目を丸くして驚くローズ。

「ダイチ、遊んでいないで早く始めなさい。それと、姫殿下云々は不敬よ」

「分かりました、すみません」

俺は一言謝るとローズのほうに向き直り、遠慮なくスカートの中に手を突っ込んだ。

もう片方の手は、きっちり体をベッドに押さえつけている。

「ちょっと、いきなり……ッ！」

彼女の文句は全部スルーだ。

ショーツの上から指を動かし、秘部を弄り始める。

「んくっ、こんなもの……ううっ」

「すぐに、喘ぎ声を漏らすくらい気持ちよくしてやるよ。この前のお返しだ」

今度はこっちの番だ、とばかりに容赦のない愛撫で責める。

彼女はなんとか抵抗しようと両足を閉じて擦り合せるけれど、指の動きは止められない。

「くっ、はぁっ……んぐぅっ、この変態っ、ふぅっ！」

もっとも、本気で抵抗するならとっくに魔法を使っているだろう。

アシュリー様と同じ学園を卒業したということは、付け焼き刃の魔法程度しか使えない俺などすぐ吹き飛ばせるはず。

そうなっていないのは、ローズも罰としてこの行為を受け入れるつもりがあるということだ。

ただ、感情的に素直には受け入れられないんだろう。

「体が強ばっていると、なかなか気持ちよくなれないんじゃないか？」

「そんなこと、あなたに心配される筋合いはありませんわ！」

「といっても、アシュリー様が満足するように犯さなきゃいけないしなぁ……」

まさか、このままレイプするみたいにして、俺だけ射精しても満足しないだろう。

俺とのセックスで快感に溺れ、喘ぐところを見てこそアシュリー様の傷つけられた部分が癒される。

「ローズ、こっちを見ろ」

「え？ んぐっ⁉ んっ、んんーっ‼」

視線が合った瞬間、彼女の唇を奪った。

突然のキスで目を白黒させている間に、俺は指をショーツの中まで潜らせる。

「ん、ちゅむ……中まで入れるぞ」

「ひゃむっ、んんっ！ ま、待って、待ちなさいっ！ んぐっ、んひぅっ！」

制止は無視して指を膣内へ挿入していく。

まだほとんど濡れていないので入れ辛いが、なんとか間接一つ分くらいは入り込んだ。

「や、あうっ、これ……なに？」

ただ、思ったよりローズが戸惑っているようなので、不自然さを感じた。

「もしかして、何か入れた経験がないのか？」

貴族なら、若い頃から指やら器具やらで少しずつ慣らし、挿入時に問題が起こらないようにするという。

ただ、ローズの家は商人からの成り上がりなので、貴族的性教育は受けていないのか……。

「あ、当たり前じゃない！　こんなこと初めてですわ！」

「……なら、もう少し慎重にやってみるか」

痛みを与えるのは俺やアシュリー様も本意ではない。あくまで快楽で受けた仮は快楽で返す。

細心の注意を払いながら愛撫していくと、次第にローズの息が熱くなってきた。

「あうっ、はぁっ、んくっ……」

「いい調子だ。アシュリー様、中も濡れてきましたよ」

「うぅっ……な、なんでもそんなことまで報告しますのっ⁉」

「私がダイチにそうするよう言ったからよ。そのほうが私も楽しめるし、ローズは恥ずかしいでしょう？」

いい笑顔で言うアシュリー様。ローズは顔を真っ赤にしている。

その口喧嘩を聞きながらも俺は愛撫を続けていった。

すると、数分もしないうちに膣内が湿ってくる。

「おぉ、濡れてきたな」

「ち、違いますわ！　あなたの指なんて、気持ちよくありませんもの！」

「強情だなぁ……。じゃあ、言い訳できないくらい気持ちよくしてやる！」

膣内から指を引き抜くと、両手で彼女の肩を掴んで起き上がらせた。

「あうっ！　何をしますの⁉」

「何時までも生意気な口が減らないから、体に返事をしてもらうのさ」

俺はベッドの上にあぐらをかくと、その足の上にローズを乗せる。

そして、ズボンの中から硬くなった肉棒を取り出して見せつけた。

「ひっ！　こ、これが……男性の……」

初めて生で目の当たりにしたのか、想像以上の驚きっぷりだ。

「どうしたんだ？　前はもっとエロい言葉でコイツを呼んでただろう？」

「それは、そう言う呼び方をすると男が興奮すると聞いただけで……」

「どうやら典型的な耳年増みたいだな。商人としては情報をよく耳に入れるのは大事かもしれないけど、セックスは実践が伴ってなきゃ」

少し前までの自分は棚に上げながら、言葉でもローズを追いつめていく。

「貴族である以上、こういったことは避けて通れないぞ。今まではゴーレムを従者にしていたようだけど、ずっとそういう訳にもいかないだろう？」

「……わたくしに説教するのですか？　従者の分際で」

「なるべく協力してほしいだけだ」

俺は睨みつけてくるローズのスカートをめくり、ショーツをずらす。愛撫の効果が現れているようで、秘部は程よく濡れていた。これなら挿入にも苦労しない。

「この性……おちんぽ、わたくしでここまで大きく？」

ローズの視線が下に移り、そう問いかけてきた。

呼び方が変わったのは、少しは協力してくれるつもりがあるということだろうか。

「ああ、そうだよ。いろいろ文句を言われても、ローズは可愛い」

「そ、そうですの……まあ、当然ですわね！　ふん、さっさと終わらせますわよ」

彼女は頬を赤くしながらも、そう言って俺の肩に手をかける。

「じゃあ、ゆっくり入れるぞ。多少は痛くても勘弁してほしい」

両手で腰を持ち上げ、ゆっくり肉棒の上に降ろしていく。

「んっ、硬いのが当たって……ふぐっ、んんんっ！」

流石に最初はキツく、なかなか中に入っていかない。

それでも徐々に体重をかけていくと、膣が観念したかのように肉棒を受け入れ始めた。

「はぁはぁ、ぐっ、ひんっ！　これ、どんどん中に……キツいですわっ！」

「でも、いい調子だぞ……うおっ、すごい締めつけだ！」

膣内の締めつけは俺がこれまで体験した中でも一番だった。

愛液のおかげでなんとか挿入できているけれど、これがなかったら一歩も侵入できていないだろう。

「わたくしの中、おちんぽでいっぱいにされてしまいますっ！」

「それがいいんじゃないか。ほら、もっと奥に行くぞ！」

「あひっ、ひゃあああぁあぁあっ‼」

俺はさらに彼女の腰を動かし、深く挿入していく。

途中で処女膜を破っても止まらず、一気に膣奥まで侵入していった。

「い、痛いですわ！　ズキズキって……ちょっ、動かないでっ！」

「そうは言っても、かなり気持ちよくて止められないぞ」

ギュウギュウと締めつけてくる膣内は、キツさこそあるが極上の感触だ。

肉棒へピッタリくっついてくるので、動くと全体が刺激されて気持ちいい。

とはいえ、ここで夢中になってしまうのはマズいのだが……。

「はぁ、はぁ……これはお仕置きだからな、遠慮はしないぞ」

「ちょっ……あっ、ああっ⁉　待ちなさい！　やっ、また勢いが……あひぃぃっ！」

まだ嬌声まじりの悲鳴という感じだけれど、確実に快感も生まれている。

さっきより膣内の湿り具合が強くなっているのと、ローズの目に力が入らなくなってい
るのがその証拠だ。
先ほどまでは刺すような視線だったのに、今は睨まれても可愛く感じる。
「ほんと、ローズは可愛いなぁ。もう少ししおらしくすれば、そこらの貴族のお嬢様にも
負けないのに」
以前侯爵様のパーティーに行ったときにも多くの令嬢を見たが、うちのアシュリー様と
ローズは頭一つ抜けているんではないだろうか？
その割にアプローチが少ないのは、ふたりが犬猿の仲だと知っていて巻き込まれたくな
いからだろう。
「余計な、んっ、お世話です！」
「確かにそうかもしれないな。俺は大人しく自分の役割を果たすよ」
でも残念だったのは本気で、思わず腰を突き上げてしまった。
「ひぎゅっ、やぁっ！　ダメっ、今はダメですのっ！　変なところ刺激しないで……あっ、
あぁぁぁあっ!!」
コンコンと最奥を突き上げると、その度に間近で嬌声が聞こえる。
顔を見ると頬は赤く、目はとろんとしていて、口元もふにゃりと歪んでいた。
表情が快感に染まっていく様を見られて、俺も自分が強く興奮していくのを感じる。

「ふふ、いい調子みたいね。ローズがはしたない喘ぎ声を上げているところなんて、初めて見たわ」

横で見ているアシュリー様も満足そうだ。

「でも、ローズはまだまだ気持ちよくなれるぞ。とことん犯し尽くしてやる！」

「ひぃ、あひうっ！　だ、だから待ちなさいって……あ、あぁぁぁっ！」

彼女の腰を持ち上げ肉棒を引き抜くと、接合部からどろりとした愛液が溢れ出る。

太ももを伝って俺の足にも落ちてくるけれど、不快には思わなかった。

むしろ、もっとローズのことをドロドロにしてやりたくなる。

限界まで硬くなった肉棒で膣肉を突き上げ、締めつけてくる淫肉をかき分けた。

「ひぐっ、あひいいぃぃいっ！　らめっ、許してぇっ！」

両手でお尻を鷲掴みにして上下に揺すると、大きな嬌声が上がった。

必死で俺の体から離れようとしているけれど、もう快感が体中を支配してろくに手足を動かせないらしい。

激しい快感に耐えられなくなったのかもしれないけれど、逃がす訳がない。

「あれだけおっぱいで俺を苛めてくれたのに、いざ犯されると即堕ちだったなぁ」

「ぶ、無礼者！　わたくしはクリストフ子爵家の令嬢ですわよ⁉　確かに謝罪するとは言いましたが、ただの従者風情がここまで……あぎっ！　あひっ、やめっ……あああああぁぁあぁぁっ!!」

思いっきり腰を引き寄せ肉棒で突きあげると、生意気な言葉を発していた口から馬鹿みたいに気持ちよさそうな声が聞こえる。

「ひっ、はひぃ！　もう、だめっ、頭真っ白になりますのぉ！」

「頭だけじゃなくて、胎の中まで真っ白にしてやる！」

「ッ!?　ま、待ってください、今出されたらわたくし……」

その言葉で正気に戻ったローズは必死に止めようとしたけれど、容赦しない。これはお仕置きなんだから。

俺は腰の奥から昇ってきた欲望の塊を、そのままローズに叩きつける。

「待って、やめっ……あっ、ああっ！　あぐううううぅぅうぅぅっ!!」

肉棒がビクビクと震え、快感とともに精液を吹き上げた。

「ひあぁああっ、イッくううぅううぅっ!!　あ、あぁぁっ……ダメ、なのにぃっ……熱いの、こんなにたくさんっ」

ガクガクと腰を震わせながら、ローズもいっしょに絶頂してしまった。

絶頂と同時にギュッと抱きしめられ、胸板に巨乳が押しつけられる。

その柔らかい気持ちよさを感じながら、俺は興奮が治まるまで彼女の中を堪能するのだった。

数分後、ようやく落ち着いたのかローズが自分で俺から体を離す。

倒れては危ないと支えようとするけれど、拒否されてしまった。

「はぁ、ふぅっ……わ、わたくしは大丈夫ですわ。それより、これで終わりですわよね？」

まだ少し荒く息をしながらアシュリー様へ問いかける。

だが、彼女は無言で椅子から立ち上がるとベッドに上がってきた。

「アシュリー？　あなた、何を……」

疑問符を浮かべているローズを横目に一直線に俺へ近づき、そのままキスしてきた。

「ッ！　あ、アシュリー様？」

「はぁ、はぁ……ダイチ、私の相手もしなさい」

驚きながらも顔を見ると、彼女は明らかに興奮していた。

「もしかして……」

「貴方たちがあんなに激しいセックスを見せつけるからよ！」

顔が赤くなっているのには、羞恥心も混じっているんだろう。

ローズの前だというのに抑えられないということは、それだけ衝動が激しいということだ。

「ダイチ、横になって」

俺は言われるがままベッドへ仰向けになる。

するると彼女は服を脱ぎ、俺の頭のほうから顔へ跨がってきた。

「うおっ！　くっ……」

「ふぅ、はぁっ……体が熱いわ。見ていただけなのにっ」

切羽詰まったような声を聞くと同時に、俺は目の前にある秘部が濡れているのを確認した。

まだ触れてもいないのに、奥から愛液が溢れているのが見える。

「アシュリー様、こんなに……。ローズとのセックスを見て興奮してたんですね」

「そ、そうよ。貴方がローズをあんなに激しく抱くから、自分のことを想像しちゃって……」

「なら、俺が満足させてあげないといけませんね」

手を動かして彼女の腰を引き寄せると、そのまま目の前の秘部へ舌を伸ばした。

「あっ、あああぁっ！　すごいっ、すごいすごいぃぃっ！　ビリビリって、気持ちいいのが頭まで昇ってくるっ！」

まだスジに沿って舌を這わせただけなのに、こんなに大きな声を出すなんて……。

自分の動きがダイレクトに相手の反応に現れるから、奉仕するほうも興奮してしまう。

「あん、はぁっ……ダイチったら、また大きくなってる。ローズ、貴女服を脱いでこっちにきなさい」

「うっ、まだ何かさせるつもりですの？」

「今度は貴女のほうから動くのよ。ほら、ダイチに跨がって」

「はぁっ!?　そんな、ふざけたこと……わ、分かりましたわ、やればいいんでしょう！」

アシュリー様に睨まれたのか、渋々言うとおりにするローズ。

そのまま股間に腰を下ろし、自分から肉棒を咥え込んでいく。

「はぁはぁ……んっ、くぅぅ！　また、中に……はぁっ！」

「うぁっ、さっきより具合がよくなってる！」

一度絶頂して中が慣れてきたのか、相変わらず強い締めつけながら苦しくはない。

少し動くだけで全体がズリズリ擦れて、全身が蕩けそうな快感が生まれる。

「わたくしも、また体が熱くなってきますわ。セックス、まだ始めたばかりですのにっ！」

「ふふ、今度は三人でいっしょに気持ちよくなりましょう？」

アシュリー様はローズの手を取り、腰を動かすように促す。

彼女はそれに従って、ぎこちないながらも動き始めた。

「んっ、これ、自分で動くの気持ちいいっ！　こんなの、初めてですわ！」

「そうでしょう？　ただ抱いてもらうだけじゃ味わえないもの。あっ、はうっ……！」

舐められ、腰を振り、俺の上でどんどん興奮していくふたり。

アシュリー様のお尻で視界が塞がれているから見えないけれど、声だけでも彼女たちが

どれほど興奮しているのかよく分かった、
貴族のお嬢様がふたり、一糸纏わぬ姿で淫らに腰を震わせている。

そう思うと、今までにないくらい体が熱くなってくる。

今さっき射精したばかりなのに、また股間が熱くて焼けそうなほどだ！

「くっ、このっ！」

その煮えたぎる欲望をぶつけるようにローズの腰を突き上げ、アシュリー様の膣内まで舌を伸ばす。

「いぎっ、ひゃぐっ、ああぁああぁっ！　体、バラバラになっちゃうっ‼」

「私も、もうすぐ……はぁっ、イクぅっ！　ダイチにイカされるっ、もう、うううううぅうっ！」

体が交わって生まれた熱気が寝室を満たし、俺たちの興奮を最高まで引き上げた。

「ダメっ、わたくしっ、ああぁあぁぁっ！　イクッ、イクッ、イックうううううぅぅううっ‼」

「ひゃあああああぁぁぁぁっ！　私も、いっしょにっ、イっちゃううぅぅぅぅっ‼」

ふたりの絶頂と同時に俺の体も震え、再びローズの中に欲望を吐き出す。

彼女の膣内は肉棒をギュウギュウに締めつけてきて、一滴残らず搾り取られてしまった。

「はぁ、はぁっ……」

絶頂の波が通り過ぎた後、誰のものかも判別できない喘ぎ声だけが部屋に響き、やがて全員の体から力が抜けてベッドへ倒れ込む。

「うぐ……」

一番下だった俺は、美女ふたりの体の下敷きになってしまいって、思わずうめき声を漏らす。

でも嫌な気持ちはせず、なんとか彼女たちの体を引きずってベッドに並べて横にした。

「はぁ、はぁ、疲れたぁ」

流石に運動の連続で、二回も射精しているから体力の消耗も激しい。

けれど、アシュリー様とローズの姿を見ていると、深い満足感が全身に満ちていく感覚がした。

「ん……ごめんなさい、手間をかけさせてしまったわね」

「いいえ、いいんです。これも従者の仕事ですから」

「ふふ、そうね。こんなことダイチにしか頼めないわ」

アシュリー様はこちらを見て微笑むと、再び目を瞑る。

「ローズは疲れて寝てしまっているみたい。悪いけど、私もこのまま休ませてもらうわ」

「はい、後はお任せください。おふたりが起きる頃には、シャワーと軽いお食事を用意しておきます」

「もう立派に従者の仕事をこなせるようになったわね。おやすみ、ダイチ」

俺は身支度を整えると、最後にアシュリー様のほうへ礼をして部屋を立ち去る。

こうしてトラン村を巡るローズとの争いは幕を閉じたのだった。

第四章 お嬢様に変わらぬ忠誠を！

トラン村での問題が片付いてから十日ほどが経った。

今日は、屋敷にローズがやってきた。今度は非公式にではなく、クリストフ子爵の名代の役目を持っている。

馬車が数台に護衛の騎士も十人以上ついていて、見た目だけなら大貴族の車列だ。

ただ、実際には護衛の半分がローズお手製のゴーレムだというから、聞いたときには驚いた。

鎧を着ているから分からないが、中身はアイアンゴーレムだという。

騎馬もそれに合わせたゴーレム製だが、布を被せてあり、動きだけでは本物と見分けがつかない。

「随分と張り切った車列でやって来たわね、ローズ」

「あら、そうですか？　確かにこの地味な屋敷にはもう少し質素な馬車のほうが似合いますものね、オホホホッ！」

わざとらしく声をあげながら笑うローズを前にしても、表情を変えないアシュリー様。

俺とサマラさんも苦笑いする。

向こうの従者は、以前見たミスリル合金ゴーレムなので部屋が静かだ。

「えー、オホン。今回はクリストフ子爵家がロートレッジ伯爵家の復興を支援するということで、その段取りをするためにやってきましたわ。……表向きにはこれでいいんですわよね？」

「ええ、決闘のことは私と貴女の秘密にしておくわ。貴女も子爵様には伝えていないんでしょう？」

「当たり前ですわ。その代わり、急にあなたの所の復興を支援すると言って、頭が大丈夫か心配されてしまいましたが」

ふぅ、とため息を吐く彼女を見て、それは大変だっただろうと内心同情する。

ふたりの犬猿の仲は良く知られているようだから、驚かれるのも無理はない。

それを説得してきたというのだから、流石一代で王国有数の資産を築いた商人の娘だ。

「……それに、娘が貴族の従者に純潔を奪われたなんて知ったら、お父様がブチ切れますわよ？」

「うっ、それは……」

俺もあの一件からクリストフ商会に興味を持ったのだけど、調べれば調べるほどかなりの巨大商会だ。

現代日本で言う総合商社のようなことをやっている上、造船や保険、それに警備会社まで自前で持っていて、まるで財閥のようだった。

婚姻政策で爵位を得るのではなく、新たにクリストフ家という家を一から興していることからもその強さが伺える。

そんな商会のボスに目をつけられるなど、そう考えただけで寿命が縮まりそうだ。

「なら、子爵を怒らせたくなかったらローズも頑張って隠し通しなさい。あとは結婚相手に口裏を合わせてもらえばいいわ。それとも……ダイチを従者にする？」

「はっ!? あ、アシュリー様、俺捨てられるんですか!?」

突然のことに、慌ててアシュリー様に詰め寄ってしまう。

「まさか、そんなことするはずがないでしょう？ 契約は私のまま短期間派遣するだけよ。歴史と伝統を良く知る伯爵家の私が友人の子爵令嬢に、貴族社会の子女の嗜みを教えるため従者を派遣した……そうすれば、純潔が失われていても大声で非難は出来ないのではないかしら。子爵様も貴族社会の伝統にケチをつけることはないでしょうし」

「な、なるほど……？」

首を傾げていると、アシュリー様がこちらに顔を向けて笑みを浮かべた。

「私が貴女を放り出す訳がないでしょう？ ふふ、おっちょこちょいなんだから」

「すみません……」

「これからが一番大事な時期よ、頼りにさせてもらうわね」

「はい、頑張ります！」

よくわからないが、兎に角、俺が捨てられる訳ではないと知って胸を撫で下ろす。

「ふぅん？　まぁ、それでいいですわ。何日かダイチを屋敷に借りていくことにしますわね」

「今すぐ外へはダメよ？　せめて領地が復興し始めて、余裕ができたころにしなさい」

「はぁ、ではひとまずは……わたくしがこちらに滞在する間だけ、何日か貸していただくということで……」

「その辺りが妥当かしら」

高度に貴族的な話にはついていけないが、どうやら以前のような喧嘩には発展しないようで安心した。

その後、アシュリー様とローズで数時間打ち合わせを行い、夕食の後ローズは客室へ向かった。

「ダイチ、彼女は数日屋敷に宿泊する予定だから、その間の世話をお願い」

「分かりました。でも、俺で大丈夫ですかね？」

「サマラからは、覚えが早くてもう一人前だと聞いているわ。でも、一つだけ注意」

彼女は立ち上がって俺の前まで来ると、人差し指を立てて強調する。

「万一ローズが誘惑してきても、簡単に乗っちゃダメよ。従者がスケベなのは構わないけど、尻軽なのは許さないわ」

「は、はい！」

こうして、今日から数日だけ俺がローズの従者となるのだった。


客室までお茶を持っていくと、ローズはソファーに座って書類を読んでいた。

「ローズ様、お茶をお持ちしました」

「ええ、ご苦労様。机に置いてちょうだい。それと、今更ローズ様なんてむず痒いから止めていいですわよ」

「ですが……」

「わたくしにお願いさせるつもりですの？」

「……分かったよローズ」

そう言って名前を呼ぶと、彼女は満足そうな表情で頷く。

「もう聞いていると思いますけれど、これから数日この屋敷に世話になって支援計画の調整を行います。その間、身の回りのことは頼みましたわよ？」

「基本的なことなら問題ないけど、男の俺でいいのか？　一応、他にメイドさんもいるけど……」

「赤の他人より顔見知りのほうが安心できますわ。それに、あれだけわたくしを犯しておいて、今更そんなことを気にするんですの？」

「ああ、いや……」

若干顔を赤くしながら睨んでくるローズに言葉が詰まってしまう。

「とにかく、ダイチが気にするのはわたくしが不自由なく生活できるかどうかですわ。それと、わたくしも伯爵領についてはある程度勉強していますけど、やはり現地の人間の見解が必要です。アシュリーは気軽に呼び出せないし、代わりに相談相手になってくださいませ」

「それなら了解だ。ドンと任せてくれ！」

「ふふ、ゴーレムでない従者というのも、いいかもしれませんわね」

「なら誰か雇ってみればどうだ？　クリストフ子爵領なら人材はいるだろうし」

「……ふん、別にいいですわ」

俺は至って真面目にそう返したが、ローズは不満そうな顔で顔を反らしてしまう。

ともあれ、こうして短いながらもローズとの擬似的な主従関係が始まった。

彼女はさっそくアシュリー様から預かったという資料を取り出し、どのルートでどんな物資をどれだけ運ぶのか、計画を立て始める。

「ここへ来る前に大筋の計画は立てていますわ。後は現地の事情に即した形に修正するだけですわね」

「なるほど……あっ、ここの村の人数は今はもっと少ない。それに、この村は損害が酷くて放棄されてるよ。その代わり、ここに百人規模の新しい集落が出来始めているはずだ」

「ふむふむ、いいですわよ。その調子でどんどん指摘しなさいな」

俺とローズは協力して計画の修正を行っていったが、半分も終わらない内に日が暮れてしまう。

燃料ももったいないということで今日はお開きになり、また明日再開することに。

その後は俺も寝具の用意などをして自室へ戻るのだった。


その日の夜、自室で寝ていた俺は何かが体にのしかかっている感覚で目を覚ました。

「ん……なんだ？」

目の前にふたり分の人影があって、それぞれこっちを見ているように思える。

「あっ……」

「あらあら、起きてしまいましたね」

誰かと思ったけれど、その声には聞き覚えがあった。

「まさか、ローズとサマラさん？」

そのまま起き上がると、何度か瞬きして視界を明瞭にする。

やはり思ったとおりのふたりだ。ローズは驚いた顔で、サマラさんは苦笑いしている。

「お、起きちゃいましたわよ⁉」

「体の上に倒れてしまいましたからね。緊張していたようですから、無理もありませんが」

状況から考えると、ふたりが俺のところへ夜這いに来たのか？

でも、どうしてそんなことを……。このふたりという組み合わせも意外で、想像がつかない。

「と、とりあえず事情を聞かせてくれませんか？」

上にかけていた毛布を横に退け、ふたりと向き合う。

彼女たちは視線を合わせ、先にサマラさんがこっちに向いた。

「実は、ローズ様から従者とのコミュニケーションの仕方を教えてほしいと頼まれたんです。アシュリー様のご友人の頼みとあっては断れませんから、こうして夜這いのご指導をさせていただいています。ああ、もちろんアシュリー様には秘密ですよ？」

「秘密って……大丈夫なんですか？」

前にローズにパイズリされたとき、メラメラと嫉妬心を燃やしていた彼女の姿が思い浮かぶ。

「問題ありません。アシュリー様も『絶対にダメ』とはおっしゃっていなかったでしょう？　実際、高位貴族の奥様が臣下の令嬢の性教育のため、自分の従者を遣わせることもありますので」

「なるほど、そうなんですか……」

男に尻軽という表現は微妙に合わないかもしれないが、兎に角本気にならなければ大丈夫ということか。

「俺のご主人様はあくまでアシュリー様です」

姿勢を正してそう言うと、サマラさんもローズも頷く。

「分かっていますわ、ちょっと貸してもらうだけです。アシュリーの従者にベッドの上で負けっぱなしなんて、悔しいもの。ああもちろん、わたくしにメロメロになってしまっても構わなくてよ？」

彼女は相変わらず挑発するように言いながら、服をはだけて近づいてきた。

「ダイチ、わたくしの体に触れてくださいませ」

まだ慣れていないのか羞恥に顔を赤くしながらも、たわわに実った巨乳を腕に押しつけてくるローズ。

「うっ、おっぱいの感触が、直に伝わってくる……」

俺と彼女の間にあるのは肌着一枚きり。体温もほとんどそのまま感じられた。

その気持ちいい感触に、表情を歪めそうになってしまう。

「どうですの？　サマラから、ダイチは大きな胸が好きだと聞きましたけれど……」

「だ、大好きだよ。女の子の柔らかさが全部詰まってるみたいで、本当に気持ちいい！」

正直にそう言うと、彼女は安心したように表情を柔らかくした。

「ふふっ、これくらいでそんなに気持ち良さそうな顔になるなんて、案外チョロいですわね」

「ローズ様、また調子に乗っていると痛い目に遭わされてしまいますよ？」

「わ、分かっていますわ！　次は……その、キスでしたわね」

どうやらローズは事前にサマラさんから色々とアドバイスを受けた上で乗り込んできたらしい。

両手で俺の腕を捕まえながら、顔を近づけてくる。

「こちらを向いてくださいませ。……んっ！」

最初に一瞬だけ唇を合わせ、それから何度も離しては押しつけてくる。

「ん、んん……ちゅむ、ちゅうっ……んはぁ」

思ったよりも丁寧で甘いキスに驚きながら、それに応じていく。

普段の言動とは裏腹にけっこう純情なんだなと思うと、ローズのことが好ましく思えてきた。

次第に唇が重なっている時間が増えていき、やがて俺のほうから舌を突き出してしまう。

「んっ⁉　ふぁ、んぁ……くちゅっ」

ローズは一瞬驚いた表情をしていたが、目を瞑ると大人しく俺を受けれた。

口内に入ると舌を絡ませ、唾液を交換していく。

「はぁ、んくぅ……これがディープキスというものですの？　なんだか、頭がボーッとしてきてしまいますわ」

「興奮してる証拠だよ。俺もローズのことがもっと可愛く見えてきた」

「あん……本当に？　アシュリーよりも好きになってしまっても構わないんですわよ」

「それは容赦してください。でも、その代わり全力で相手するよ」

彼女の腰に手を回し、体を引き寄せる。

胸だけでなく足や腰も重なって、より相手と一体感が生まれた。

そして、空いているもう一方の手で胸を撫でるように触れる。

「ふぁ……あんっ！　なに、これ……触れただけでわたくし、体がポカポカしてしまいますっ」

ローズの体がビクッと震え、興奮で肌が桜色に上気していく。

俺を見上げる目は潤んでいて、とてもエロく見えた。

「いいぞ、すごいエッチになってきた。こんなの見せられたらどんな男だって一撃だよ」

本心からそう思って言ったけれど、彼女にとっては不満だったのか、顔を反らされてしまう。

「……そうは言っても、ダイチはわたくしの物にならないのでしょう」

「まあ、アシュリー様の従者なので。でも、うちのご主人様を見返すには、なにも俺を奪い取るだけが方法じゃないと思うぞ」

「そんなのは分かっていますわ。んむっ！」

彼女はそう呟くと、今度は自分から唇を押しつけ舌を絡めてくる。

「ん、くっ……いいよ、俺もすごく気持ちいい」

押しつけられている魅力的な肢体はもちろん、女の子から求められるというのは凄く充実感がある。

肉棒も硬く勃起して、目の前の少女を犯したいという気持ちがどんどん強くなっていった。

そんなとき、足元から誰かがそろそろと近寄ってくるのが見える。

「はぁ、はぁ……サマラさん？」

「あら、バレてしまいましたか……おふたりが楽しんでいるようでしたので、わたしはこちらのお世話をさせていただきますね♪」

「おっ、うわっ！　相変わらず手際がいい……くっ！」

彼女は俺の腰に手を回すと、あっという間にズボンを脱がせて肉棒を露にする。

「まあ、もうこんなに！　ローズさんで興奮したんですよ、見てみてください」

「あ……おちんぽ、大きい。まだ触れていないのに、こんなに興奮していますの？」

キスを中断したローズが下を見て目を丸くする。

驚いているようだが、口元が緩んでいるあたり喜びも感じているようだ。

「ああ、そうだよ。ローズが可愛くてエッチだから、もう勃起してるんだ」

正直にそう言うと彼女はますます喜んで、嬉しそうな顔を隠しきれなくなっていく。

「では、こちらはわたしに任せて、もう暫くおふたりでイチャイチャしていてください」

盛り上がっている俺たちをよそに、サマラさんはいつもの静かな口調でそう言う。

そしてその場で屈み込み、肉棒を口で咥えた。

「はぁむっ！　んじゅ、れじゅるるるるっ！」

「うぐぉっ⁉　い、いきなり激しい！」

慣れた様子で肉棒を丸ごと口に含んだ彼女は、大胆なフェラチオで責め始めた。

根元から先端まで巻きつけるように動かし、頭を動かして口内全体で肉棒をしごく。

すでに興奮している状態でそんなことをされたので、一気に興奮が高まってしまった。

「じゅるっ、じゅぷじゅぽっ！　んぐ、れろぉ……先端からどんどん先走り汁が溢れていますね」

「サマラさんが、そんなに貪るように舐めるからっ！」

腰が蕩けそうな快感に力が抜けてしまいそうになるが、直前にローズが俺の手を強く握りしめたので正気に戻る。

「ダイチ、まだわたくしは満足していませんわよ？　もっとわたくしに夢中になりなさいっ！」

「ローズ……ああ、分かったよ！」

快感に耐えながらも彼女の求めに応じて愛撫を重ねた。

太ももを撫で、胸を揉み、手を握りしめながらキスをする。

体を重ねるごとにローズが魅力的に見えて、自分がより夢中になっていくのが分かった。

もし彼女と主従の契約をしていたら、絆が深まり能力がグングン伸びていくのが実感できただろう。

サマラさんもこの雰囲気にあてられたのか、胸元をはだけて自分で胸を揉んでいた。

だが、濃厚な交わりを続けていくうちに、セックスしたいという欲望がどんどん強くなって、我慢できなくなる。

「んっ、ひゃう……ダイチ、わたくしもう我慢できませんわ！　中に……おまんこにあなたのちんぽが欲しいのっ！」

すっかりメロメロの表情になったローズは卑猥な言葉で求めてくる。

この上さらに興奮させるようなことをしてくる彼女を、可愛く思いつつ頷いた。

「俺だってもう限界だ、早くローズの中に入りたいよ。サマラさん？」

頼れる先輩侍女さんを呼ぶと、彼女はようやく頭を上げた。

「ん、こくっ……はぁ……」

うっとりした目つきで口元の汚れを舌で舐めとる。

全身からクラクラするほど濃厚な色気を放っていて、ローズと徹底的にイチャイチャしていなければ、すぐにでも彼女を押し倒していたかもしれない。

「こちらの準備は万端です。それにしても、何度見ても素敵ですね。わたしのご奉仕でも射精せずに我慢できるおちんちんなんて、そうそうありませんよ？」

「はは、ありがとうございます。でもサマラさんがたっぷりフェラしてくれたおかげでマジでヤバいんで、話は後でお願いします！」

ここで暴発しようものなら失望されるのは避けられない。

俺は若干乱暴ぎみにローズをベッドへ押し倒し、足を開かせた。

スカートをめくり上げショーツを脱がすと、秘部がトロトロと愛液を垂れ流している。

「あ、う……こんな格好、恥ずかしいですわ……」

「でも、今のローズはすごく綺麗でエロいよ」

「……なら、アシュリーを抱くときより、もっと激しく抱いてくださいませっ！」

切なげな表情でそう求められ、俺はもう我慢できなかった。

反り返る肉棒を片手で持って秘部に押し当て、そのまま腰を前に進める。

「やっ、あひうぅぅうぅっ！　あぁ、全部一気にぃっ⁉」

「相変わらず中はキツいな！　でも、すごいドロドロで奥まで飲み込まれる！」

ローズの秘部にはあまり触れていなかったのに、それでもこの有様だ。

体調が精神状態に影響されるとはいえ、こんなにも深く繋がっているとは思わなかった。

「う、ぐぅっ……ふっ！　ぜ、全部入ったぞ！」

何とか最後まで腰を押し込み、ローズの奥の奥まで征服する。

けれど、その代償に精液が少し漏れてしまったみたいだ。

「はぁはぁ、ふぅっ……危なかった。ん？」

そのとき、横からサマラさんが俺の腕を抱きしめるように体を押しつけてきた。

「とても気持ち良さそうですね、ダイチさん。あんなにエッチなキスをしていたんですから、ローズ様の中もドロドロでしょう？」

「ええ、それに締めつけが強い上にビクビク震えてるから、入れてるだけで射精しそうです」

そう答えると、挿入されているローズがこちらを見上げてきた。

「んぐっ、はぁ、んふぅ……動けないのなら、またわたくしが上になります？」

「冗談言わないでくれ。このままイかせてやるよ！」

ローズの腰を両手で捕まえ、歯を食いしばりながら腰を動かした。

「はぁっ、あんっ！　これ凄いっ、わたくしの中、全部埋められてますっ⁉」

彼女は目を白黒させて喘ぐが、容赦しない。

部屋中に体がぶつかる音を響かせる勢いで犯していく。

「くっ！　ローズの中、エロ肉が吸いついてくる！　普段偉そうなくせに、ちんこ入れられたら速攻で媚びてきやがって！」

「もうすっかりメロメロになってしまいましたねぇ。これ以上アドバイスをする必要はなさそうです。んっ、あんっ！　ダイチさんのテクニックが上がってきたのもあると思いますが」

「俺なんてまだまだですよ。これからもサマラさんには良い先生でいてもらいたいです」

「んっ、いろいろ教えた結果、ここまで手癖が悪くなってしまったのは後悔するべきでしょうか……あっ、ひうっ！」

ローズを犯す傍ら、片手で彼女の秘部も愛撫する。既にその膣は、指二本を根元まで咥え込んでいた。

「あうっ、んきゅううっ！　ダイチ！　ダイチッ、もっとしてぇ！」

「ん、くひっ……あぁ、あああぁぁぁあぁっ!!」

目の前には手足をベッドに投げ出し、豊満な胸を揺らしながら犯されているローズ。横を向けば膣内をかき回されながら口元をだらしなく開いているサマラさんがいて、天国のような空間だ。

このまま永遠にここで快楽に浸っていたいけれど、終わりを告げるように限界がやってくる。

「はぁっ、ひぅっ、うぅぅぅっ！　壊れるっ、あうっ、ひゃあぁぁっ！」

「ローズ、イクときはちゃんとイクって言わないと」

「はひっ、イクッ、イキますっ！　だから、最後はダイチがっ……あああぁぁぁっ!!」

目を瞑り、目尻に涙を浮かべながら嬌声を上げるローズ、
その淫らな姿を見た直後、俺の堪えていたものが決壊する。

「ぐっ！　出すぞっ、中出しされてイっちまえぇぇぇ！」

肉棒からドクドクと白濁液が噴き出し、彼女の膣内を瞬時に白く染め上げていく。

それと同時に、サマラさんの膣内へ挿入している指も動かして強く刺激した。

「あぁぁあああぁっ!?　イクッ！　イキますわっ！　イックううぅぅぅううううぅぅぅっ!!」

「ぎひゅっ、あぁああぁっ！　ダメっ、わたしもぉ！　あひいいぃぃいいいっ!!」

　ふたりの絶頂の熱が伝播してきたようにこっちの体も熱くなって、最後の一滴までローズの中に絞り出すために腰を押しつけた。

「ぐっ……はぁっ、ふぅ……」

　数分後、ようやく落ち着けたおれは荒く息をしながらも体を起こす。

「んっ、ひゃふぅ……」

　肉棒を引き抜くと、僅かな喘ぎ声と共にぽっかりと開いてしまった膣口から収まりきらなかった精液が溢れてきた。

「ダイチさん、すごい量ですね。シーツがドロドロです」

「うう、わたくしのお腹が重いですわ。こんなに出されたら、孕んでしまうかも……」

「えっ……」

「大丈夫ですよ、きちんと避妊の処置はしますので」

　ローズの一言にドキッとしてしまうが、サマラさんがフォローしてくれる。

　セックスが習慣化している貴族社会なだけあって、その方面の技術は発展しているのだと思い出す。

「はぁ……わたくしは孕んでしまってもいいのですけれど、流石に時期が悪いですものね」

「いいのかよ……」

「避妊手段あるとはいっても、間違いはありますわ。まあ、お父様からは貴族の血を取り込めと言われていますけれど、誰の子を産むかくらい自分で決めますわよ」

やはり女性は子供のこととなると真剣になるのか、強い意志を宿した彼女の目を見てドキッとする。

「と、とにかく今は復興が最優先だから、そのあたりの問題は勘弁してほしい」

「さて、どうしましょうか……。でも、時期がきたら考えてくださいませ？　ここまでわたくしの体を開発した責任、取ってもらいますわよ」

ローズの言葉に俺は苦笑いで返すしかない。

結局この後も、彼女の滞在中は毎夜のごとく、夜這いを仕掛けられて苦労することになるのだが、このときの俺はまだそれを予想できていなかった。


屋敷に滞在している間に計画を練ったローズが本格的な支援を始めると、ロートレッジ伯爵領の復興は一気に進み始めた。

やはり、自前で様々な事業を抱えている大商会の力はすごい。

土木工事に建築、輸送まで一つの指揮系統で管理できるから、物事の進むスピードが段違いだ。

アシュリー様も少ない伝手をつかってあちこちから職人や資材を集めていたけれど、やはり規模が違う。

組織が同じなので末端の人員同士の諍いもなく、ビックリするほど順調に作業が進んでいった。

「すごいわね、これがクリストフ商会の力……」

報告書を読んでいるアシュリー様は、驚きを通り越して呆れているようにさえ見える。

「支援の開始から三ヶ月が経過しましたが、建物で換算すると受けた被害の半数以上が再建築されています。あと一ヶ月もあれば七割ほどまで回復できるということで、領民が寒い冬をテントで過ごす必要はなくなるでしょう」

「それだけでも十分すぎるわ。他の復興は冬を越してからになるでしょうけれど、そのための食料や燃料も用意してもらっているものね」

サマラさんの捕捉に頷き、別に資料を手に取るアシュリー様。

数万人が一冬を越すための物資となると相当だが、商会はこれも容易く用意してしまった。物資を用意できるのもすごいが、それ以上に、用意したものを各町や村まで配る素早さには脱帽だ。

そうして各地で届けられた物資は、侯爵様たちの支援でやってきた役人たちがそれぞれ必要な場所に振り分けていく。

「考えを改めなければならいわね。成り上がり貴族だからと色眼鏡で見ていると、いつの間にか自分の立場がなくなっていそうだわ」

「でも、アシュリー様の努力は領民たちもよく知っています。今でも村々には伯爵家の家紋が入った旗が翻っていますから」

「ありがとうダイチ。そうね、ローズの協力でわたしも一息つけたのだし、次の問題にとりかからないと……」

彼女の言う問題とは、ずばり伯爵位の継承についてだった。

通常なら騎士やら侍女を連れ馬車の車列を作って王都へ向かい、国王陛下の前で爵位を継承する。

王国の貴族は大きな独自裁量権を持っているが、それはあくまで国王陛下から賜った権利だというのを確認するためだ。

ただ、今回はめったにない魔獣災害により領地が大被害を被ったということで、王都から官僚が派遣され継承を行うことになった。

この官僚というのは王国副宰相で、現王とも近い親戚の公爵閣下だ。

一伯爵の元に王族が派遣されるというのは、ロートレッジ家がどれだけ信頼されているかを物語っている。

しかし、立場上は官僚とはいえ、王族を迎え入れる準備は大変で、復興が落ち着いたことでようやく取りかかれる段階になった。

「継承の儀を行う場所としては、町の聖堂を押さえております」

「王都からこの領都まで続く街道の整備も、商会の土木部門の力を借りて先日完了しました」

「この屋敷も、公爵閣下をお出迎えするために最低限補修し終えたわ」

　アシュリー様はそこで一息つくと、机越しに俺たちを見つめる。

「私が正式に伯爵位を継承すれば、使える権限も大きくなる。そのためには私たち三人がロートレッジ家全体を率いていけないといけない。ふたりとも、もうひと頑張り協力してちょうだい」

「はい、アシュリー様のためならば」

「全員で必ず成功させましょう！」

　こうして俺たちは、協力して家中の者を纏め上げ、爵位継承の儀へ向けて急ピッチで用意を進めていった。

　その数週間後。

　領都に、豪華な装飾を施された馬車を中心とした車列が到着する。公爵閣下の馬車だ。

　俺はサマラさんや他の家臣たちといっしょに屋敷の前に並ぶ。

　この日のために、領内各地に散っていた家臣たちが集まってそれなりの数になっている。

　とはいえやはり伯爵家の規模からすれば少なく、引退生活から復帰した老人や俺より若い騎士までいる。魔獣災害の爪痕が大きいことを改めて思い知らされた。

馬車の扉が開くと、品のいいマントを纏った中年の男性が下りてきた。

体格もよく、全身から自信というかオーラが満ちあふれているようだ。自然と辺りが緊張する。

彼が公爵閣下だろう。アシュリー様が近づいて優雅に礼をした。

「ようこそおいで下さいました、ディレアン公爵閣下。お初にお目に掛かります、アシュリー・ロートレッジと申します。本来ならばこちらから王都へ参上するところを、わざわざこのような僻地までお出でいただき、ありがとうございます」

「よい、そうかしこまるな。伯爵家は王国誕生以来の忠臣である、王家としても捨て置けぬからな。……それに、父君であるロバートは私の学生時代の友人でもあった。その忘れ形見のためとあらば王国を縦断する程度、苦とも思わぬ」

そう言うと、彼はアシュリー様の肩に手を置いてポンポンと叩く。

「ここまで移動する最中で村々の様子が見えたが、復興が進んでいるようではないか。ロバートに似て領主の才能はありそうだな、大儀であるぞ。貴殿が正式に爵位を継承すれば、領民もますます士気が高まるだろう」

「はっ！　恐縮です」

話し方こそ威厳たっぷりだが、言葉の内容な友好的なようで一安心する。

それからアシュリー様が公爵閣下を屋敷へ案内し、俺たちも後に続いた。

「まさか、公爵閣下と亡き伯爵様がご友人だったとは……知りませんでした」

「わたしも詳しくは存じ上げませんが、かなり仲の良い関係だったとか。おかげで継承の儀はスムーズに進みそうです」

「そうですね、後は夕食のときですか」

数時間後、屋敷の食堂にアシュリー様や公爵閣下を始めとして主要人物が集まっていた。

そして、その中にはローズの姿もある。

アシュリー様は領地復興の協力者として彼女のことを公爵閣下に紹介するつもりらしい。

三人はそれぞれ軽く挨拶を交わした後で夕食をとり、食後のお茶を飲みながら本格的に歓談し始める。

「閣下、改めて紹介いたします。今回我が領地の復興において大きな協力をしていただいた、クリストフ子爵令嬢のローズです」

「ローズ・クリストフと申します。公爵閣下とお食事を共にする機会をいただき、感激の極みにございますわ」

彼女もアシュリー様に負けず劣らずの礼儀正しさで対応する。

「ふむ、確か数年前に新しく貴族に叙された家の……」

「私の学友でもあります。今回、善意で領地の復興を手伝っていただきました」

「ほほう？　方々に金をばらまいて爵位を得たなどと噂されているが、なかなか粋なことをするではないか」

「きょ、恐縮です」

公爵閣下に声をかけられ、流石のローズも緊張しているらしい。

この場はアシュリー様が上手くリードしてくれるだろう。

昨日本人から聞いたのだけど、今回ローズを公爵閣下に紹介するのは、後々伯爵家のためになるらしい。

今の伯爵家の懐事情はカツカツだけれど、こうした先祖代々築いてきた伝手は健在だ。

新興のクリストフ家にとっては、王家に連なる人物と面識を作るというのはなかなか難しい。

権威が絡むので、お金で強引に解決しようとすると逆に悪い印象を持たれてしまう。

こうやって既に伝手のある人物から紹介してもらう方法が一般的だった。

今回ローズは公爵閣下と面識を持ったことで、クリストフ家の中での立場も向上するだろう。

これからクリストフ子爵と取引きをしていく上で、窓口であるローズの立場が強ければ何かとやりやすくなる。

「貴族らしいと言えば貴族らしいけど、ままならないよなぁ」

テーブルを囲み歓談する三人を見ながら小さくため息を吐く。少なくとも、俺はとても真似できない。

その後、夕食はつつがなく終わり、今夜は十分休んで翌日の爵位継承の儀に望むこととなった。

翌日、領都の教会には、新たに伯爵となるアシュリー様を一目見ようと大勢の人々が詰めかけている。

警備によって敷地内には入れないものの、数百人規模の歓声が建物の中からでも聞こえるほどだ。

「なかなか領民に慕われているようではないか」

「父や先祖の功績で、こうして領民から信頼されています。その歴史をけがさぬためにも努力する所存です」

「うむ。では儀を始めようか」

公爵閣下の仕切りで継承の儀が開始される。

伝統的な行事なだけあって色々と面倒な手順があるようだけれど、今回はこちらの事情を考慮して上手く省略してくれるようだ。

二時間ほどで全ての行程を終え、最後に国王代理として公爵閣下からアシュリー様に剣が授けられたことでロートレッジ伯爵位を継承した。

協会を取り囲んでいた人々にもそのことが伝わり、町全体が歓声に包まれる。

それからガッチリ正装したアシュリー様が人々の前に出て改めて領地の復興を約束し、ロートレッジ伯爵家は新たなスタートを切るのだった。


数日後、公爵閣下も王都に戻り屋敷は以前の姿に戻っていた。

とはいえ落ち着いたかというとそんなことはなく、むしろアシュリー様が正式にロートレッジ伯爵となったことで、忙しさが増したくらいだ。

「ダイチ、午後からは隣のヴィアン男爵から使者が来る予定よ。対応の用意はどうかしら？」

「大丈夫です。ただ、ここのところ来客が多いので食料の消費が激しいですね。あと、厨房で料理人さんが、休みがほしいとボヤいていました」

「食料の件は町の商会に追加発注していいわ。それと、料理人は休ませられないけれど、一時的に厨房の手伝いを増やすのは許可します」

「ありがとうございます！　じゃあ、さっそく伯爵家で利用歴のあるレストランに手伝いを派遣してもらえないか聞いてみます」

俺と話をしながらも手を動かして書類にサインしていくのは流石だけど、ちょっと心配だ。

　一応新しい人材の登用も行っているけれど、なかなか良い人が集まらない。

　従者とはいえ、下級職の『召使い』である俺が、屋敷の人事の一部にまで関わっている有様だ。

　サマラさんのほうはより忙しく、領地の運営について一部の職務を代行しているほどだった。

　ローズのおかげで復興が進んでいるのは嬉しいけれど、仕事がどんどん増えていくのは悩ましい。

　一日の殆どを机に向かって過ごし、夕方になるころには、流石に疲れが出てため息をついてしまう。

「ふぅ……肩がガチガチだ。アシュリー様も少し休んではどうですか？」

　そう声を掛けると、彼女もようやく手を止めて一息つく。

「そうね、今日のところはこのくらいにしましょうか。いくらやってもキリがないもの」

　ペンを置いて肩を揉んでいる彼女を見て、俺は席を立つと背後に回って両肩を揉み始めた。

「ん……ありがとう、気が利くわね」

「いえいえ。それにしても肩がガチガチですね、やっぱり少し休んだほうがいいんじゃありませんか？」

「それは分かっているけれど……」

「領都にあった難民区画も先週解体されましたし、一息つくにはちょうどいいと思いますよ」

俺がこの世界にやってきたときには数えきれないほどあったテントや掘建て小屋が、一つ残らず消えているのだ。

それも強制排除したわけではなく、難民たちがそれぞれ居場所を見つけてそこへ移っていった結果だから素晴らしい。

「ほとんどはローズとクリストフ商会のおかげよ」

「その二つを上手く引き込んで利用したのはアシュリー様じゃないですか、誇ってくださいよ。大の大人だってそうそう出来ないことだ」

少なくとも俺ではそこまで頭が回らない。

やっぱり俺は人を使うより、誰かの下についていて働いていたほうが性に合う。

「ダイチに励まされるなんて、私もまだまだかしら」

「ははは、俺が頼りがいのある従者になったと思ってくださいよ」

「それはそうね、確かに短期間でここまで頼りになるとは予想外だったわ」

アシュリー様はそこで一息つくと、振り返って俺を見た。

その目には後ろめたさと、若干の不安が宿っているのが分かる。

「今のダイチなら他の貴族家でもやっていけると思うわ。領地の復興には長い時間がかかる。潰れてしまった畑を耕し直したり、新しい場所で生活を始めてもすぐには上手くいかない。私もまだまだ裕福とはほど遠い暮らしが続くかもしれないけれど、それでも仕えてくれるかしら？」

「なに言ってるんですか、最初に臣下になるって誓ってから、他の家に仕えようなんてこと、少しも考えたことはありませんよ」

こんなに頑張っている彼女を見捨てて、他のところへなんか行けるものか。

ただでさえ王国で最年少の伯爵になってしまったんだから、これからはもっと人手がいるはず。

それになにより、アシュリー様がこの先領地をどんなふうにしていくのか、どのような女性になっていくのか見届けたい気持ちもある。

「何時までも変わらず、アシュリー様のお傍にいさせてください」

「ふふ、物好きね。でも、そういうことなら私からも相応のものをあげないと」

彼女はその場で立ち上がると、俺の腕を掴んで引き寄せた。

「あ、アシュリー様？」

「少し体を屈めなさい。そう……んっ」

言われたとおりにすると、何と彼女はそのままキスしてきた。

ベッドの上でもないのにこんなことをされて、俺は目を丸くする。

唇同士がピッタリとくっつくが、それ以上は深くならない優しいキスだ。

「んぐ……いきなり何を……」

「私からの親愛の印よ。こんなものしか渡せないけれど」

「いえ、十分すぎます！」

まさかアシュリー様のほうからキスしてくれるとは思わなかったから、すごく嬉しい。

よく見ると顔も赤くなっているし、恥ずかしかったんだろうか？

普段あまり見ない顔だから可愛い。

「俺もこれから、またアシュリー様の期待に応えられるよう頑張って……うん？」

そのとき、俺は全身が熱くなってくる感覚を覚え始めた。

これは……いったいなんだ？

「どうしたの？　まさかっ！」

アシュリー様は何か思いついた様子で、呪文を唱えて俺の胸に手を当てた。

「な、何がどうなってるんですか？」

「ダイチ、あなたの職業が変化してる……『召使い』から『執事』に進化しているわ」

「えっ!?　でも、そんな急に……？」

まず驚き、次に困惑してしまう。

まだこの世界に来て半年も経っていないけれど、職業というのはそんなに早く進化するものなのか？

そんなふうに考えていると、表情から察したのかアシュリー様が説明してくれる。

「私もここまで進化が早いのは初めてよ。従者系の職業の成長には、技術だけではなく主との信頼関係の深さも関係してくるんだけれど……」

「そうなんですか？　じゃあ、アシュリー様がそれだけ俺を信頼してくれたってことですね」

「……そ、そうね。改めて、面と向かって言われると少し気恥ずかしい気もするけれど」

彼女は落ち着かない様子で視線を左右に動かしながらも、コホンと一つ咳払いして再び俺を見つめる。

「ともかく、これからまたよろしくお願いね。後で書類上も貴方の役職を昇進させておくわ。執事になった以上はこれまでより重要な仕事もしてもらうから、覚悟しておきなさい」

「ははは、任せといてくださいよ。何だってやってやります！」

「ええ、頼りにしているわよ」

俺がそう言うと彼女も笑みを浮かべて返してくれて、それだけで心が温かくなる。

これからも、もっとこの笑顔が見れるよう頑張ろうと思うのだった。

その日の夜、俺はアシュリー様の寝室に呼ばれ、そこに向かった。

また夜の奉仕かなと思いながらも部屋へ入ると、そこでは予想外の光景が待ち構えていた。

「こんばんは。あら、そんな驚いた顔をしてどうしたんですの？」

「わたしとローズさんは数日ぶりですからね。今さっき屋敷に着いたばかりですし」

「よく来たわね、ダイチ。とりあえず、こっちにいらっしゃい」

寝室の中にはアシュリー様の他にも、ローズとサマラさんまでいた。

アシュリー様はともかく、後のふたりは明日まで戻らない予定だったので、少し驚いてしまう。

とは言え扉を開けっ放しにする訳にもいかず、中に入ってしっかりと閉める。

三人はアシュリー様のベッドに腰掛けていたので、俺もそちらへ近づいていった。

「あの、これはどういうことなんです？　ふたりの帰りは明日だと聞いていましたが……」

そう問いかけると、彼女たちは顔を見合わせて微笑み合う。

そして、代表としてアシュリー様が立ち上がると、俺に近づきながら口を開いた。

「実は、偶然それぞれの仕事が早く終わったようなの。それで今日のことを話したら、皆でお祝いをしようということになったの」

「それって、俺が執事になった件の？」

「ええ、それね」

アシュリー様の肩越しにふたりを見ると、彼女たちも頷いていた。

「こんなに早く中級職になるなんて、なかなかやりますわね。やっぱりわたくしが寝取っておけばよかったですわ」

「ローズ様、そんなことを言うと、またアシュリー様に怒られてしまいますよ？　ともあれ、おめでとうございますダイチさん。わたしも同僚として嬉しい限りです」

どうやら本当にお祝いしてくれるらしいけれど……どうやって？

そう考えた次の瞬間、いつの間にか背後に回り込んでいたアシュリー様に背中を押された。

「えっ？　うおっ、わっ！」

まさか彼女に奇襲されるとは思わず、そのままベッドに倒れ込んでしまう。

ちょうどそこはサマラさんとローズの間で、彼女たちに抱き起こされた。

そして、顔を上げた俺をアシュリー様が見下ろしてくる。

「お祝いと言っても、申し訳ないけどパーティーみたいなことは出来ないわ」

少し残念そうに言いながらだんだんと顔を近づけてきて、そして最後には頬へキスされてしまった。

「ちゅっ……だから、今夜は私たち三人でダイチにエッチなご奉仕をしてあげるわ。たっぷり楽しんで？」

「アシュリー様……サマラさんに、ローズまで？」

「ええ、せっかくの記念日ですからね。今夜はダイチさんをご主人様だと思ってご奉仕させていただきますっ♪」

「お祝いなんですもの、人数は多いほうがいいでしょう？　しょうがないから付き合ってあげますわ！」

ここまで言われては俺も最大限楽しむしかない。

こうして、記念すべき夜に淫らな宴が幕を開けた。

「ダイチ、まずは私が最初よ」

俺に続いて上がってきたアシュリー様に腕を引かれ、ベッドの真ん中まで移動する。

そして、俺の左横に陣取ると、手で顔を自分のほうへ向けながらキスしてきた。

「んっ、ちゅむ……んんっ！」

「う、んぐ……アシュリー様……」

「ちゅ、ちゅうっ……改めて面と向かってキスすると、少し恥ずかしいわね」

「俺はすごい幸せです！」

俺の答えにアシュリー様は満足そうに微笑み、さらに強く唇を押しつけてくる。

一方、反対側の右隣にはローズが陣取っている。

「もう、先にふたりで楽しんでしまっていますの？　まったく、主従揃ってスケベですわね」

そう言って少し眉を吊り上げながらも、彼女は俺のシャツに手をかけてボタンを外す。

さらに自分の服もはだけて胸元を露にしながら抱きついてきた。

「うおっ！　おっぱいが、直にっ！」

「んふふ、こういうのが好きなんですわよね？　最初にパイズリしてあげたときも、なんだかんだと言いつつ射精してしまいましたし」

「いつまでもそのことを、引っぱり出さないでほしいんだけど……うっ、手がっ！」

俺のはだけられた胸元に手が這わされ、乳首を弄られる。

「男性もここを触れられると気持ちよくなると聞いたことがありますけど、本当ですの？ふふ、実験してみますわ、れろっ！」

「うっ……！　く、くすぐったいというか、変な感じが……」

指と同時に舌も使って両方の乳首を刺激される。

気持ちいいという感覚はまだないけれど、ローズのような美少女がスケベな奉仕をしてくれているのは、もうそれだけで興奮してしまう。

そして、三人目のサマラさんだが……。

「ダイチさん、どうぞわたしの中にいらしてくださいっ♪」

なんと、目の前で横になって足を大きく開き、濡れ濡れの秘部を見せつけてきた。

「も、もう入れていいんですか？」

「はい。ですが、射精はダメですよ？　あくまで気分を盛り上げるための前戯として、わたしの体をお使いくださいませ」

「そんな贅沢な……」

でも、ある意味最高のおもてなしかもしれない。

サマラさんの腰を引き寄せ、膣内へ半勃ちの肉棒を挿入する。

「うおっ！　くっ、柔らかくてトロトロだ！」

まだ全力状態ではない肉棒でも奥まで咥え込まれ、優しく締めつけられた。

おかげでぐんぐん肉棒が硬くなっていってしまう。

その快感に夢中になってしまいそうだが、そんな俺に左右から声がかかった。

「ダイチ、サマラばかり見てないで私のほうに向きなさい！　ほら、キスして……んっ、ちゅぱっ」

「ふん、イチャイチャしている間にわたくしのテクでダイチをメロメロにして差し上げますわ。あむっ、ちゅるるっ！」

アシュリー様にキスを求められそれに応えていると、胸元をローズにドロドロにされた。

年上の美人侍女に膣内奉仕され、ツンツンなお嬢様に乳首舐め奉仕され、愛しいご主人様からたっぷりキスを求められる。

快楽の海に浸かったようで、全身が蕩けてしまいそうな気分だった。

「はぁ、ふぅっ……私がダイチに出来る恩返しと言えばこれくらいだわ。ふがいない主人でごめんなさいね」

「とんでもない、俺は凄く満足してますよ。最高のご主人様だ」

申し訳なさそうな顔になったアシュリー様を抱き寄せ、もう一度キスする。

「あっ、ふぁぅ……ダイチ、大好きよ。今日は精一杯気持ち良くしてあげるわ」

熱っぽい目をしたアシュリーに言われ、俺はさらに気持ちを昂らせる。

「はぁはぁ、ふっ……！　これ、もう我慢できないっ！」

興奮して体が敏感になってくると、ローズの乳首舐めも気持ちよく感じてきた。

グツグツと湧き上がる衝動を抑えきれず、ついに限界を迎える。

「サマラさん！　やっぱりダメだ、受け止めてっ！　くぅっ!!」

「あっ、きゃあああっ！」

ふたりの美少女に抱きつかれ、ふわふわな膣内に肉棒を包まれながらの、至福の絶頂を味わう。

下半身が溶け出すような気持ち良い射精が続き、サマラさんの膣内をドロドロにしてしまった。

「ん、こんなにたくさん……。わたしの中から溢れてきてしまいますっ」

勢いよく射精したからか、膣内に収まりきらず溢れてしまった。

それでも肉棒本体はしっかり奥に咥えこみ、最後まで気持ち良い快感を味わわせてくれる。

「はぁ、はぁはぁ、ふぅぅ……最高だった。三人ともありがとう」

激しい射精を終えてぐったりと脱力し、彼女たちに感謝を伝える。

しかし、アシュリー様たちは欲望さめやらぬ視線で俺を見つめてきた。

「ダイチ、夜はまだまだこれからよ？　疲れ果てるまで、楽しみましょう！」

「あ、アシュリー様……」

彼女は俺の体から離れると、前に移動して見せつけるように服を脱ぎ始めた。もちろん、ローズやサマラさんもいっしょに。

ショーツまで躊躇なく脱ぎ捨てると、そこには一糸纏わぬ三人の裸体があった。

それぞれ均整の取れた素晴らしいスタイルで、胸や尻には十分な肉付きがあって目を奪われる。

ついさっき射精したばかりなのに、もう次の欲望の芽がムクムクと大きくなっていった。

「あらあら、またおちんぽを大きくしてるんですの？」

ローズがここぞとばかりに挑発してくるが、俺は三人の体に夢中だった。

「はぁ、ふぅ、はぁっ、ふぅぅぅぅっ！」

理性のタガが外れている感覚がして、欲望のまま彼女たちに襲いかかる。

最初に手をのばしたのは、やはりというかアシュリー様だった。

「んっ、きゃうっ！」

「アシュリー様！　抱きますよ、いいですね!?」

「ッ！　いいわ、来て……あっ、んくうぅぅぅぅぅっ！」

彼女の腰を掴むと後ろを向かせて四つん這いにし、肉棒を膣内へ突き込んだ。

「ぐおっ!?　す、すごい、いつもの倍は濡れてるっ！」

「だって、ダイチがそんなに強く求めるから！」

肉棒を膣内全体へ擦りつけるように腰を動かすと、それだけでアシュリー様の口から嬌声が上がる。

そして、それを見たサマラさんとローズも自分をアピールするように近寄ってきた。

「ダイチッ！　わたくしにもおちんぽくださいませ！　そんなセックスを見せられたら、もう我慢できませんわっ！」

「あう、んくぅ……ダイチさん、わたしにもお情けをいただけませんか？　順番は一番最後で構いません。その分たっぷり濡らしてお待ちしていますよ♪」

それぞれアシュリー様の左右に、同じ格好でこちらへお尻を突き出してくる。

三人の綺麗なお尻が並んでいる光景はまさに絶景で、見ているだけで興奮がはち切れそうになった。

「もちろん、ふたりだっていっしょに犯してやるさ！」

「んぎぃいぃっ!? これ、硬いのが一気に……ダメっ、ダメぇぇぇぇぇぇっ!! こんなのっ、すぐにイっちゃいますのっ！」

ローズの腰をガッチリ掴み、逃がさないようにしながらガツガツとピストンする。

「相変わらず締まりがいいな、ちょっと動かすだけで搾り取られそうだ」

「ひぎゅっ、あひぃいぃっ！ ダイチのおちんぽ気持ちいいっ！」

「ローズも最高だよ！ うっ、このままだと……」

まだサマラさんが残っているのに暴発するのは許されない。

ゆっくり肉棒を引き抜くと、自分でお尻を掴んで尻の谷間を広げているサマラさんに押し当てた。

「う、おっ？ あてただけで奥から愛液がドロッと出てきた」

「んはぁっ！ ダイチさん、わたしも我慢できません。先ほどもいただいたのに……このはしたない女にどうか……あぁっ、んんんんっ！」

腰を前に動かすと、肉棒が驚くほどスムーズに膣内へ飲み込まれていった。濃い愛液と蕩けた肉ヒダの境が分からなくなって、まるで知らない器官の中にいる気分になる。

ふたりの中もたまらない気持ちよさで、俺は自分の体が一気に興奮の頂点まで昇っていくのを感じた。最高だ。

「ひぎっ！　あっ、あああぁぁっ！　気持ちいいのぉっ!!」

「こんなもんじゃないですよ。もっと気持ちよくなれますっ！」

思いっきり腰を突き出してアシュリーの奥まで突くと、甲高い悲鳴が聞こえた。

恥も外聞もなく嬌声を上げるその姿に、俺の興奮は否応なしに限界まで高まる。

今にも破裂しそうな欲望を抑え込みながら、最後の力を振り絞った。

「くっ、うぐっ……アシュリー様、今日は俺がご主人様ですよね？　なら命令してやる！サマラさんも、ローズもだ！」

俺は腰を動かしながら、両手で左右のふたりへの刺激も強めた。

「あぐぅぅっ！　ひうっ、あぁっ！　イクッ、イっちゃいますのぉ！　あうっ、ひゃあああぁぁぁっ!!」

「わたしも……うぅっ！　駄目です、もうっ……あっ、あああぁっ!!　イクッ、イクッ、イックウウウウゥッ!!」

ふたりが絶頂すると同時に、アシュリー様の体も強張った。

「イクッ、私もイクからぁっ！　ダイチもいっしょにイって！　みんなでっ、はひぃっ、きゃうううぅぅううぅぅうっ!!」

「アシュリー様！　ぐぉぉっ!!」

最後に密着するほど腰を押しつけ、溜まりに溜まった欲望を解放する。

「ひゃあああっ!?　すごいっ、お腹の中がいっぱいに……あぅっ、ふぐううぅぅっ！」

「っぐ！　ひぃ、はぁっ！　ずっと、イって……ますぅっ！」

「ダイチのおちんちんでっ、はぁ、んふぅっ……私のからだが満たされちゃうっ！」

三人はそれぞれ絶頂しながらベッドに突っ伏し、荒く息をする。

彼女たちの股間から中出しした精液が漏れ出ているのを見ると、征服感を味わって心が熱くなった。

「はぁ、ふぅ……三人とも、ありがとう。すごく素敵な夜だったよ」

俺自身も疲れ果ててベッドに腰を下ろすと、そう伝える。

「うぅ……頑張り過ぎですわ！　今度するときは、もう少し優しくしてくださいませ！」

「ふふ、満足してもらえたみたいで嬉しいです。またいつでもお誘いくださいね？」

「ふたりとも、抜け駆けは許さないわよ？　ダイチは私の従者だもの」

三人がそれぞれそう言うと、アシュリー様が手をのばしてきたので抱き寄せる。

「ん、ありがとう。ダイチ、これからもずっと私の従者でいなさいね」

「もちろんですご主人様。いつまでも貴女に仕え続けます」

そう言って最後に彼女の唇へキスすると、アシュリー様は笑みを浮かべて頷く。

こうして俺は新たに、執事という立場でアシュリー様に仕え、伯爵家の復興を支えることになるのだった。

貴族主従の淫媚な生活

アシュリー様がロートレッジ伯爵位を継いでから一年以上の時間が経った。

現在では領地の復興も進み、人口も戻ってきている。

さらに、一番良かったのは、この一年間の間に人材登用が進んだことだ。

爵位継承の際に関係を持った公爵閣下の紹介で、人材が豊富な王都からの就職が増えたことが大きい。

もっとも、それは領地の人間全員で頑張って、復興の兆しがあると内外に思わせることが出来たからこそだけれど。

領内の利権を切り売りすることなくここまでやってこられたのは、その努力あってこそだ。

ともあれ、人材が増えたことで屋敷の人間に自由な時間が増えたことは大きい。

そして、それを計ったかのように俺の周囲ではあることが立て続けに起こっていた。

「よいしょ……っと」

「アシュリー様、大丈夫ですか？　ご無理なさらず」

「ええ、ありがとう。でも大丈夫よ、最近はこの子も落ち着いてきたようだし」

そう言ってベッドに腰掛けたアシュリー様のお腹は大きく膨らんでいた。

もちろん肥満ではなく、妊娠によるものだ。

当主であるアシュリー様の妊娠で当然家中は大騒ぎになり、方々からお祝いの品も届いた。

お腹の子の父は間違いなく俺だろうけれど、貴族が従者の子を孕んだり孕ませたりは良くあることらしく、むしろ他の家臣の皆さんから良くやったと言われるほどだった。

現状アシュリー様以外にロートレッジ伯爵本家の血筋がいない現状、庶子とはいえ子供が出来るのは大きいらしい。

「それにしても本当に、余裕が出来るとすぎ、計ったように妊娠が発覚しましたね」

余りのタイミングの良さに終始首を捻ったのを覚えている。

貴族の主従がセックスすることが当たり前のこの世界において、避妊関係の技術はかなり進んでいるのだ。

「まさかとは思いますけど、アシュリー様……」

「さあ、子を授かるのは時の運だもの」

そう言って穏やかな笑みを浮かべるアシュリー様を見ると、それ以上追求する気にはなれなかった。

それに、俺には他にも気にかけなければいけないことが色々ある。

と、そのとき、噂をすればというか寝室の扉が開いてサマラさんとローズが中に入ってきた。

サマラさんがいるのは当たり前だけれど、ローズは今でも実家に帰らず、ここで暮らしているのだ。

その理由は、お腹を見れば分かる。

ローズ、そしてサマラさんもアシュリー様と同じようにお腹が膨らんでいた。

「まあまあ、わたくしたちを放っておいてふたりで昼間から逢い引きですの？」

「お茶のご用意ができましたが……いかがなさいますか？」

アシュリー様から一ヶ月ほど遅れて、このふたりの妊娠も発覚した。

特に問題になったのはローズのほうだが、驚いたことに実家に乗り込んでいって騒ぐ父親を黙らせてきたのだ。

彼女曰く「伯爵家と腹違いの兄弟がいれば、将来までお付き合いできますわね」、だとか。

その後、伝統的に優れた医療技術を持っている伯爵家で産むことになり、この屋敷で過ごしている。

「ふたりとも、一言声をかけてもらえれば俺が付き添ったのに……」

「構いませんわ、待っているのは性に合いませんもの」

「わたしも幼いころから従者として過ごしてきましたので、人を使うのは慣れません」

ふたりはそのままベッドにやってくると、アシュリー様の横に腰掛けた。

ここのベッドは大きく、座ったまま広く移動できるので今はリビングより使われている。

とりあえずお茶でも持ってこようかと思っていると、アシュリー様から声を欠けられた。

「……ねぇ、ダイチ」

「はい、なんでしょうか？」

「ここ最近していなかったわよね。今日くらい、ゆっくりとできないかしら？」

彼女はそう言うと、もう服を脱ぎ始めた。

妊婦用のゆったりとした服と下着が床に落ちると、お腹の膨れた裸体が露になる。

妊娠中は体の線が崩れることもあるらしいけれど、彼女は全体的にほんの少し肥えた感じはするが、美しいバランスは見事に保たれていた。

「アシュリー様……それに、ローズとサマラさんも？」

ふたりもまた、俺へ熱い視線を向けながら服を脱ぎ捨てる。

それを見た俺は、もうそれ以上問いかけることなく、ベッドへ向かう。

「あ、んっ……ダイチ、優しくね？」

「分かってますよ、お腹に大事な子がいますからね。みんな俺の子だ」

彼女たちをひとりずつ、優しく抱いてからベッドへ押し倒す。期待していたのか、全員秘部は濡れ濡れだ。

「嬉しいですよ、こんなに期待してくれて。俺も頑張らなくちゃな」

俺は心の奥に熱いものが宿るのを感じながら、勤めて平静を保とうとした。

今の三人を相手に、以前のように激しくするのは御法度だ。

それぞれガラス細工に触れるように優しい手つきで愛撫していく。

サマラさんはさらに大きくなった胸を、なぞるようにしながらゆっくり撫で回す。

「あぁ、はふぅ、んぁっ……胸、妊娠してからまた大きくなってしまいました……」

「とってもエロさが増しましたよね。でも、綺麗な形はそのままですよサマラさん」

次ぎにローズには、丸みを増したお尻を胸より少しだけ強めに鷲掴みにする。

「んっ！　はうっ……ダイチに触れられると、それだけでゾクゾクしてしまいますわ……」

「ローズは少し大人っぽくなったかな？　どんどん魅力的になっていくよ」

そしてアシュリー様へは首筋を舐めるようにキスする。

「あ、んんっ！　唇にはくれないのかしら？」

「サマラさんとローズに嫉妬されそうですから、これで我慢してください。余裕ができたら好きなだけしてあげます」

「約束よ？　はう、ん、はぁっ……！」

唇へのキスがいいと言いつつも、今でも十分感じているようだった。

手を動かして股間をまさぐると、やはりというかトロトロに濡れていた。

「もうアソコがこんなになってますよ？　スケべなご主人様だ」

「誰がこんなふうにしたと思っているのよ……。ねぇ、早くっ！」

息を荒げながら濡れた視線で見つめられ、俺も我慢できなくなった。

「いいですよ。でも、三人いっしょですから……アシュリー様は最後です」

「……えっ？」

いつもより激しくできないので、俺の劣情を三人で分担して受け止めてもらわなければならない。

いきり立った肉棒を手に持つと、ほうけた表情のアシュリー様を横目に、まずサマラさんへ挿入していく。

「んくっ、わたしが最初でよろしいんですか？」

「サマラさんの中が一番解れてますからね。俺も力まずに済みますし」

「どうであれ、一番に選んでいただけたのは正直嬉しいです」

彼女はニッコリと笑みを浮かべると、足を広げて俺を受け入れる。

「ひ、んんぅっ！　あぁっ、ダイチさんのおちんちん、硬くておっきいっ！　わたしの中、広げられてしまいますっ！」

サマラさんの膣内は予想どおり解れていたけれど、それでも膣肉は容赦なく肉棒へ絡みついてきた。

「これ、どこまでも飲み込まれそうだっ！」

抵抗が少ないだけ、どんどん腰を動かせてしまう。

変に力んで負担をかけるような心配はないけれど、快感で動いてしまいそうになる腰を抑えるのは大変だ。

「ひぁ、あひぃぃっ！　久しぶりの感覚で、どんどんお腹の中が熱くなってきますっ！」

「俺も、サマラさんの中気持ちいいです！　ドロドロしたのが絡みついて、全部持っていかれそうだ！」

ぐっと奥まで突きたくなるのを我慢しながら、入り口から中程までをピストンする。

サマラさんは腕を上げ、快感に耐えるようにギュッと拳を握りしめ、目尻に涙をためながら俺を見つめてきた。

「いいですよサマラさん、滅茶苦茶エロいです！　くぅ……ヤバい、そろそろダメだ……」

「ひゃう、んふぅぅっ！」

肉棒と膣内がフィットして、またたく間に強い快感が生まれていく。

このままでは射精してしまうと感じ、中から肉棒を引き抜いた。

「あぎっ！　はぁ、はぁっ……」

切なそうな視線を向けてくる彼女を横目に、今度はローズのほうへ向かう。

「やあ、お待たせ」

「もうっ、待ちくたびれましたわ！　本来ならわたくしが最初に……ひゃひぃいぃぃいいいっ!?」

ローズとの会話に付き合っていられる余裕がなかったので、申し訳ないけれどすぐ挿入してしまった。

「うぉっ……やっぱりローズは締めつけがすごいな！」

予想どおりというか、肉棒がギュウギュウに締めつけられてしまう。

少し動かすだけでも膣肉がゴリゴリ刺激してきて、腰が砕けそうだ。

でも、それは彼女も同じ。肉棒に刺激されてさっそく大きな喘ぎ声を上げている。

「ひぃ、ぎうぅぅっ！　しゅごいですのっ、ちんぽがゴリゴリってぇ！」

「はぁはぁっ！　そんなに締めつけられたら、逆に出せないぞ！」

強い締めつけで、腰の奥から昇ってくる精液が、逆に押しとどめられてしまっている。

「そ、そんなこと言われましてもっ！　わたくしにはどうしようも……あぁっ、ひきゅぅうっ！　はぁ、うふぅぅううっ!!」

サマラさんに比べてピストンはゆっくりだけれど、その分大きく腰を動かす。

膣奥を突かないギリギリまで押し進めて、そこからカリ首で肉ヒダをかき出すように刺激する。

「あひゃあああぁぁっ⁉　それっ、それダメですのぉっ！　ゾクゾクがっ、止まりませんわぁっ‼」

ローズの腰が面白いくらい震えて、目を見開き、自分の胸をギュッと抱えるようにしながら快感に嬌声を上げた。

桃色のツインテールが揺れて、汗の浮き出た首筋にも髪が張りついていてエロい。

「う、ぐおっ！　これ以上抱いてたら、流石に我慢が聞かなくなりそうだ」

強烈な締めつけで堰き止められていた精液が、それ以上の興奮でついに押し出されるのを感じて、慌てて腰を引く。

「はぁはぁ、はぁっ……」

気持ちを落ち着かせるために大きく呼吸をしていると、アシュリー様が待ちかねたように声をかけてくる。

「ん、はうっ……はやく、ちょうだいっ」

興奮で息を荒くし、目尻に涙を浮かべた彼女は簡潔にそう告げた。

むしろ他のことを喋る余裕がなかったようで、秘部は先ほど見たときよりさらに激しく濡れている。

「入れますよ、アシュリー様！」

俺も興奮を抑えられず、彼女に覆い被さって秘部へ挿入した。

「あっ、あぁぁっ！　いっぱい、いっぱいきてるぅっ！」

アシュリー様の中は俺の肉棒にピッタリと吸い付いて放さない。

思い切りピストンしたくなるのを堪えながら、ゆっくり腰を前後させていく。

腰を動かすごとに形のいい巨乳が揺れて、アシュリー様の口から嬌声が上がる。

「ひぅ、はぁ、あぁぁっ！　はぐっ、ひぃっ……。ダイチ、これ気持ちよすぎますっ！」

「俺も気持ちいいですアシュリー様！　俺の子を孕んでくれて、その上まだこんなにエロくって、最高すぎます！」

もうお腹の中に赤ん坊を抱えているっていうのに、さらに子種を搾り取ろうとする動きがたまらない。

理性と欲望がせめぎ合い、ギリギリのバランスを保ちながらアシュリー様を犯していく。

「はぁ、はぁっ……このまま、ローズたちもいっしょにイかせてやるっ！」

興奮の限界が迫る中、俺はふたりの腰も抱き寄せてそれぞれに肉棒を突き入れていった。

「あひぃっ！　あうっ、あぁぁあぁぁっ！　きてダイチッ！　わたくしの中に熱いのを注いでくださいませっ！」

「ダイチさん、わたしもいっしょにっ！　最後までご奉仕させてください！」

「大好きなダイチにいっぱい愛してもらいたいのっ！　だから、最後は奥まできてぇ！」

直後、三人の求めに応じるように俺の興奮も限界を迎えた。

肉棒から白濁液が噴き出し、彼女たちの体を犯していく。

「はひっ、はぁぁっ……！　すごい、たくさん……♪」

アシュリー様たちは精液を浴びたまま脱力して横になり、荒い気を吐く。

俺も久しぶりに三人を相手にして疲れきり、その場に腰を下ろしてしまった。

そんな俺に彼女たちが声をかけてくる。

「ダイチ、これからも従者として私を支えてね？」

「わたしも、同僚として協力し合えれば嬉しいです」

「アシュリーのところをクビになったら、いつでもウチで雇って差し上げますわ！」

「ありがとう、三人とも。一気に子供が三人も産まれるんだからな、俺も頑張るよ」

こうしてまだまだ、俺の従者としての生活は続いていくのだった。

あとがき

みなさま、ごきげんよう。愛内なのです。

今回の主人公は召使いということで、ご主人の可愛いお嬢様や先輩侍女さんと一緒に領地運営をしていきます。もちろんエッチ要素もあって、なんとご主人様のほうから、臣下との絆を深めるためにと夜伽を命じられてしまいます。身分差のあるエロというのは背徳感があって、なかなか良いものですよね！

ご奉仕したりされたりなエロシーンが好きな方は、ぜひご一読ください！

それでは、謝辞に移らせていただきます。

担当編集さん。今回も多くの手助けをしていただいてありがとうございました。

そして、ヒロインたちの美麗で淫靡なイラストをたくさん描いていただいた鎖ノムさん。どの挿絵もエロ可愛さがにじみ出ていて素晴らしいです。本当にありがとうございます！

そしてなにより、本作を手に取っていただけた読者の皆様！　こうして本を出し続けられているのも皆様の応援のおかげです。

これからもより良い作品をお届けできるよう頑張っていきますので、何卒応援よろしくお願い申し上げます。　それでは、バイバイ！

二〇一九年三月　愛内なの

ぷちぱら文庫 Creative

初級職『召使い』だけど
エロと快楽で逆転人生を送れます！

2019年 4月12日　初版第１刷 発行

■著　　者　　愛内なの
■イラスト　　鎖ノム

発行人：久保田裕
発行元：株式会社パラダイム
〒166-0011
東京都杉並区梅里2-40-19
ワールドビル202
TEL 03-5306-6921

印 刷 所：中央精版印刷株式会社

PPC210

ぷちぱら文庫
Creative 212
著：愛内なの　画：ぽこてん
定価：本体730円（税別）

勇者パーティーを追い出されたから、のんびり雑貨屋をはじめました

～冒険行くより子作りするほうが気持ちいいよね！～

ここに美女との…幸せな場所！デキちゃいました♥

勇者として召喚されながら、なにも戦闘力を持たなかったタイチは、パーティーを外れて雑貨屋を始めることに。どんなものでも取り寄せられる彼に目を付け、取り引きを申し込んだ商人娘のサリファのご奉仕で、タイチの毎日はすっかり色づいてしまう。ライバル心を燃やす美少女アンリや、貴族のお嬢様ミシェルも夜伽に加わって、異世界でのハーレムライフが始まった！